新 潮 文 庫

窓 の 魚

西 加奈子 著

新 潮 社 版

9098

目次

窓の魚

ナツ

　バスを降りた途端、細い風が、耳の付け根を怖がるように撫《な》でていった。あまりにもささやかで、頼りない。始まったばかりの小さな川から吹いてくるからだろうか。川は山の緑を映してゆらゆらと細く、若い女の静脈のように見える。紅葉にはまだ早かったが、この褪《あ》せた緑の方が、私は絢爛《けんらん》な紅葉よりも、きっと好きだ。目に乱暴に飛び込んでくるのではなく、目をつむった後にじわりと思い出すような、深い緑である。

「空気が違うなぁ！」

　私の隣で、アキオが目を細め、そう言う。バスの中で一番はしゃいでいたのが彼だ。川が好きだ、海よりも断然いい、そんなことを言っていたようだが、疲れていたのか、バスの揺れが心地いいのか、アキオ以外は皆、沈むように眠ってしまっていた。

アキオはガードレールから身を乗り出し、少しでも川に近づこうとしている。川から吹く風が、アキオの霧雨のような柔らかな髪を、ふわふわと持ち上げる。とても優しい風だが、それは何かを訴えるように冷たく、私の薄い肌を、たちまち冷やしてしまう。ここは紅葉などせず、もしかしたら秋よりも早く、冬がやってくるのかもしれない。そんな風に思ったが、アキオに笑われてしまいそうだから、言うのはやめた。アキオは、さっきよりぐんと、体を乗り出している。ガードレールを支点にして、ふたつに折れ曲がった人形のようである。

「アキ、危ないよ」

アキオの背中に手を当てると、背中に心臓が移ったみたいだ。どくどくと脈打っている。どきりとして、手に力をこめると、アキオは、それを知られるのが恥ずかしい、とでもいうように体を捻《ひね》り、無理やり私の首に、腕をまわしてきた。捕まえられた恰《かっ》好《こう》で私も下を覗《のぞ》いてみると、さっきの風が、またささやかに、私の耳をくすぐっていった。むきたてのじゃがいものように白い岩の間を、緑の水が流れていく。本当に、静かな川だ。焦点を定めずぼんやり見ていると、止まっているようにも見える。でも、さらさらと耳に心地よい音が、かろうじてそれが海に向かっている、生きている川であることを教えてくれる。その努力が健気《けなげ》で、私は何度もため息をつきそうになる。私のため息はすぐに、さっきの風と共に、どこかへふわりと消えてしまうのだろう。

「こんなとこで死ねたらいいだろうなぁ！」

　アキオがそんなことを言うから、苦笑いをして振り向いた。道路をはさんだ向こう、バス停のベンチには、ハルナとトウヤマが座っている。ハルナが私に向かって軽く手を振り、トウヤマは、煙草《たばこ》に火をつけるのに夢中だ。やっと火がついた煙草から煙がふわりと舞うが、緑が深いここでは、それは水に溶かしたような、薄い紫色に見える。

　四人で温泉に行こう、と言い出したのは、誰だったか。ハルナだったような気もするし、アキオだったような気もする。少なくとも、私とトウヤマでは、決してない。ぼんやりしている間に日にちと場所が決まった。それを決めたのが誰だったかも、忘れてしまった。

　一泊なのに、ハルナはたくさんの荷物を持って来ている。買ったばかりだという革のボストンバッグには、女の私でも驚くほど、物がたくさん詰まっている。

「僕の友達だよ」

　初めてアキオに紹介されたとき、目の前で笑っている若い女の子に、私は驚いた。

私たちとそんなに年は離れていないということだったが、それでも、ハルナはどう見ても二十一、二の学生にしか見えなかったし、ハルナとアキオがどこで知り合ったのか、どうして友達なのかが、どうしても分からなかった。よく行くお店の、だとか、そんな風なことを言っていたような気がするが、とにかくハルナは「アキオの友達」にしては、あまりに若く、考えることに極力神経を注がない類《たぐい》の女の子に見えた。

「お前たったの一泊だろ。何入ってんだよ」

ずっと荷物を持たされていたトウヤマが言う。

「ドライヤーとか？　あと、分かんない。みんなどうしてそんなに荷物小さいの？」

「僕らは男だからいいけどさ、ナツは女なのに、相当荷物少ないよな」

アキオが私のショルダーを持ち上げ、耳元で振ってみせた。確かに少ない。普段の荷物と、それほど変わらないのだ。でも下着とバスタオル、簡単な化粧品を入れたら、後は何を入れればいいのか、分からなくなった。

「わかんない。何か忘れてたら、ハルナ貸してよ」

「いっつもそうじゃん、ナツ」

ハルナはそう言って笑った。ハルナと旅行に行ったことも、何かを借りたこともないが、ハルナがそう言ってトウヤマの腕に自分のそれを絡《から》めるので、私も一緒に笑った。

右手にハルナの荷物を持ち、左手をハルナに絡め取られていて、それでもトウヤマは、不自由そうに新しい煙草に火をつける。いつもそうだ。トウヤマはそれがないと生きていけないかのように、必死の形相で煙草を吸う。一日三、四箱ではきかないのだと、以前教えてもらったことがあった。そういえばそのときも、トウヤマの吸う煙草の煙が、薄い紫色に見えた。あれは、いつだったか。

「ナツの荷物は、持ってやらなくていいから、楽だ」

アキオがそう言って、あいている方の手を差し出してくる。私はそれを握って歩き出した。少しヒールのある靴を履いてきたから、下り坂は辛《つら》い。山の温泉に行くのだからと、ぺたんこのブーツを玄関に出していたのに、いつもの癖で、オフィス用の華奢《きゃしゃ》な靴を履いてきてしまった。かつん、かつん、と、アスファルトを蹴《け》る音がする。この靴はこんなに大げさで耳障《みみざわ》りな音を立てるのだと、今初めて気付いた。私の通っているオフィスは、深く沈みこむ真っ青なカーペットが敷かれているし、出勤途中や帰りに街を歩いていても、自分の靴音に気を取られることなどない。街には、靴音よりも大きく、華やかな音が溢《あふ》れているからだ。それらの音は私の耳に、重要なことを知らせまいと、悪意の蓋《ふた》をする。私はその悪意を好ましく思うし、耳の蓋は、とろりとしたハチミツのように甘く私を包むので、私はいつも堂々と上の空の顔をして、街を歩くことが出来る。時間を聞かれることも、声をかけられることもない。街は私を突き放し、騒音は私を守ってくれる。

深夜自分の家に帰るとき、しんと静まり返ったそこでも、自分の足音には気が付かない。月の影は見えない。淡い闇《やみ》はそこいらの音を奪い、体温も奪う。暖かな蓋を取り去られた私は不安だが、外灯の青い灯りが帰り道を教えてくれるので、それに従って、私はいつもうつむいて歩く。昼、街を歩くときよりも、よほどしっかりしている。転ばないように、一歩一歩踏みしめて歩いていると、アキオが私の足元を見て、笑った。

「それ、会社に履いてきてるやつだろ？」

「そうよ、今気付いたの？」

アキオの足元を見ると、きちんと歩きやすいブーツを履いている。そこいらの山なら、どこへでも登れそうな、しっかりとしたものだ。いつの間にこんなものを用意していたのだろうと、感心してしまう。私は、アキオの靴が青いカーペットの上を移動するのを、見るのが好きだった。猫が誰にも気付かれずに歩くように、するりするりと歩く様は、優雅さにかけて、社内でも際立《きわだ》っている。私とアキオが恋人同士であるということを知っている人は少ないが、そんなことより、彼のあの素敵な歩き方を見てちょうだい。そう思う。

アキオが、隣で思い切り深呼吸した。私に向かって何か言ったのだが、川の音に消されて聞こえなかった。

「え？」

そう言って耳を近づけると、アキオは私の耳たぶを舐《な》め、笑った。驚いたが、アキオが舐めたそこだけ風に当たると冷たくて、とても心地よかった。

部屋はふたつとも、川に面していた。一部屋は炊事場の煙突が見えて風情《ふぜい》がないので、アキオがじゃんけんで決めようと言い出した。でも、トウヤマもハルナも、別に自分たちはどちらの部屋でもいいと言った。

「部屋にいたって、俺寝るだけだから」

トウヤマは、まだ寝ぼけているようだ。どろりと黒い隈《くま》が、目の周りに張り付いて離れない。トウヤマは昼に会うと、いつも、心底疲れた顔をしている。こんな顔と一日部屋にいて、ハルナは平気なのだろうか。トウヤマとふたりでいて、一体何を話すのだろうか。

アキオがハルナを紹介してきたときも驚いたが、ハルナがトウヤマを初めて連れてきたときも、驚いた。トウヤマは、今日みたいに恐ろしく疲れた顔をし、差し出されたアキオの手を、面倒臭そうに握った。にこりとも笑わなかったし、お酒を飲んでいる間中、一度も私の方を見なかった。投げやりなその態度は彼をとても子供に見せたし、時々目をつむってじっとしている様子は、彼をうんと年上に見せた。

「年は？」

私が初めてトウヤマに話しかけたのは、皆で電車を待っているときだった。吹きさらしのホームは風が冷たく、待合室に入りたいとハルナが言ったのだが、トウヤマがどうしても煙草を吸うと聞かず、皆でホームの端まで歩いたのだった。

「あんたと同じ」

トウヤマは、そう言った。そのとき初めて、私の顔を見た。彼が、三十のアキオよりふたつも年下だということに驚いた。そして何より、彼が私の年を知っていたこと、私のことを、とても素直にまっすぐ見たこと、「あんた」というその響きが、ちっとも不快ではなかったことに驚いた。

「やあだ、ナツ。最初に言ったじゃんか」

ハルナはきゃははと笑ってそう言ったが、私はきちんと返事をすることができなかった。

　夕食は私たちの部屋で食べることにして、それまでとりあえず温泉に入ろうということになった。ハルナは歓声を上げ、トウヤマの手を引っ張って行った。灰皿には、トウヤマの吸いかけの煙草が残ったままだ。噛《か》む癖があるのか、フィルターがひしゃげている。もったいない、私はそう言って、それに火をつけ、吸った。アキオは、何も言わなかった。しかし、私が煙草を吸うことを、なんとなく嫌がっていることは分かる。窓を開けたり、咳《せき》をしたり、そういう簡単な仕草で訴えてくるのではなく、吸っている私を見る、その目で分かるのだ。乾いていて、曇っているのに、少し光る。

「こんな川に近い部屋って、いいよなぁ」

　アキオは窓を開けた。私の煙草から意識を逸《そ》らすように、景色に集中するのである。時々風がひゅうっと、私たちの部屋に飛び込んでくる。先程の優しい風と違い、今度のそれは随分と乱暴だった。部屋中の暖かさを奪う。私は、大きいくしゃみをした。

　トウヤマの煙草はきつい。一口吸うと、頭がぐらりとする。肺に入ってくるそのやり方が、私の体温を奪ったこの風と似ている。でも、咳をするのもしゃくなので、我慢して吸った。吸い終わってからお茶をすすると、さっき飲んだときと、まったく違う味になった。

「アキ、川沿いで暮らそうか？」

私がそう言うと、アキオはこちらを振り返らずに、ごにょごにょと何か言った。川の音のせいか、今日はアキオの声がちっとも聞こえない。でも返事をしないでいても、アキオが何も言わないので、それでいいかと思う。アキオはじっと、川を見つめている。

煙草を吸うのにもお茶をすするのにも飽きてから、私はやっと浴衣《ゆかた》に着替えだした。アキオの分も出してあげると、子供のような仕草で、それを着た。左前だっけ、右前だっけ、そんな風に言いながら、お互いの浴衣姿を見て、そして、ふふふと笑った。

「ナツ、アキオ、まだぁ？」

扉の向こうで、イライラしたハルナの声がする。

お風呂《ふろ》は旧館に内風呂がふたつと、露天がふたつあった。どれも趣が違うらしいから全部入ろうと、アキオが張り切る。男女別だと言っても、そんなことはおかまいなしだ。

「平日だし、夜中になりゃ誰もいないよ」

旅館には、私たちの他に、あと二組ほどしか泊まっていないようだった。誰もいないお風呂を独り占めにする、しかも夜中、しんと静まり返った中で。それを想像すると、うずうずと落ち着かない気持ちになった。でもそこにアキオがいること、そしてハルナと、ましてトウヤマまでいることは、想像できなかった。

私の方が遅いだろうから鍵《かぎ》をアキオに預け、私はハルナと露天に行った。アキオは、まずは内風呂だ、などと言いながら、意気揚々と歩いて行く。

露天風呂は旧館の裏口から、綺麗《きれい》な日本庭園の中を通って行った先にある。形の違う木が配分よく植えられており、丸まっていたりとがっていたり、色々な葉の影が、地面を彩《いろど》っている。時折、苔《こけ》の中に隠れるようにして、小さな白い花が顔を覗かせていた。綺麗、そう言ってしゃがむと、ハルナも付き合ってくれた。

「可愛《かわい》いねぇ」

ハルナからはバニラか生クリームのような、甘ったるい匂《にお》いがする。トウヤマの煙草のときは我慢できたのに、その香りにむせて、咳をしてしまった。歩きだしてもしばらくそれは止まらず、ハルナが背中を撫《な》でてくれた。ハルナの手を背中に感じると、嘘《うそ》のようにおさまった。そして咳がおさまると、私は何故《なぜ》だかとても優しい気持ちになり、下駄《げた》の音に耳を澄ます余裕も出来た。

「この音いいね、風情があって」

カラン、コロン、私が真似《まね》ると、ハルナは今年の夏買った浴衣と、それに合わせて買った下駄の話を始めた。

「京都のね、老舗《しにせ》の下駄屋さんらしいんだけど、若社長がおしゃれな人みたいでさ、小さなタイル張りみたいな下駄を作ったり、鼻緒にヨーロッパのアンティークの布を使ったりしてんの。ちょっと高いんだけどね、薄紫の浴衣で、帯も淡いオレンジでしょう？　だから足元がぴりっとしまったほうがいいかなと思って、濃い紫の鼻緒のにしたの」

私たちの下駄の音は、おぼつかなくて、でも、とても力強い。普段聞くことがないその音は、私の心を、やっぱりうずうずと落ち着かなくさせる。

「四十歳くらいになったら、毎日着物で過ごしたいな」

「やだナツってそんなこと思うようには見えない。でも着物って、一度はまったら男に貢《みつ》ぐよりお金かかるらしいよ。浴衣と帯と下駄だけで、あたし十万以上使っちゃったよ。ああ、あと、あれ。バッグもね、巾着《きんちゃく》を買ったの。あれなんていう布かなぁ、ちりめんみたいにしわしわとしてるんだけどね、白地に大きなお花が染め抜かれてるの。結構有名な人が作ったみたい、一点ものだよ。もしかしたらそれが一番高かったかも。そうだ、やっぱり十万なんかじゃきかないわ、二十万以上いったなぁ。カードの支払い怖いわぁ」

必死に話すハルナを、母親のようにはいはいとやり過ごし、私は露天風呂の引き戸を開けた。そこには、下駄が一足ころりと転がっていた。先客がいるのかと、がっかりしてしまったが、ハルナはお構いなしに、ずっと話し続けている。

旅館に来て浴衣に着替えると、私は下着をつけないことにしている。その方が気軽に何度もお風呂に入れるし、楽だ。私がするすると脱いでタオルを手に取ると、ハルナが待って待ってと騒ぐ。別にお風呂に浸《つ》かって待っていてもいいではないかと思ったが、さっきの浴衣の話をきちんと聞いてあげなかったし、それこそ本当に母親のような気持ちになっていたので、ベンチに座って、待ってあげた。裸のお尻《しり》に木がちくちくと当たり、なんとも納まりが悪い。でも、裸でいるのに、ちっとも寒くなかった。さっきまでのあの風はどこにいったのだろうと、のれんを少し上げて見ると、おばさんとおばあさんの間くらいの女の人がひとり、シャワーキャップをかぶり、湯船に浸かっているのが見えた。

「ねえナツ、お化粧取らないよね？」

ハルナはおそるおそるという感じで、桃色の下着を取った。赤い糸で細かなバラの刺繍がされている。随分と高価なものに見えた。ハルナはとても大切なものを扱うようにそれらをきちんとたたみ、そしてそれ以上に丁寧に髪の毛を扱い、クリップで留めている。下着の跡が背中を這《は》っていて、それは線路のように、胸の際まで続いている。

ふと、アキオの体みたいだと思った。

アキオは女の子のような肌をしている。そして胸に、ハルナの下着の跡のような傷がある。初めてアキオの裸を見たとき、私は、ほうとため息をついたのを覚えている。それは男の子の裸とは程遠いもの、まるで柔らかな石膏《せっこう》を、何か丸くて滑《なめ》らかなもので削って出来たような体だった。自分の体のことでコンプレックスを感じたことはないのに、アキオの裸を見たときは、自分が服を脱いでいることがとても恥ずかしかった。

木の桶《おけ》でお湯をすくうと、枯れた葉が一枚浮かんでいた。私はそれごと体にかけた。かけてから、またくしゃみをした。なんだ、やっぱり寒かったんじゃない、そう思って、おかしかった。私はいつもぼんやりしていて、何かに気づくのが、遅い。自分の体の不調にさえ気づくのが遅く、ああ風邪かしら、そう思った頃にはもう、熱は三八度を超えてしまっていたりする。小さな頃はそうではなかったように思うが、いつから自分がこれほど鈍くなってしまったのかと、思い出そうとしても、思い出せない。

ゆっくりと湯船に入ると、肌が粟立《あわだ》つ。体を撫でると、しゅわあっとたくさんの泡が、大急ぎで立ち上がってきた。

おばさんがちらりと私を見、軽く会釈《えしゃく》をした。ひとりで入っているということは、夫婦で来ているのか。優しい顔をしている。私は笑顔を作り、肩までお湯に浸かった。熱い熱いと騒いでいたハルナも、なんとか私の隣に腰を下ろした。

「気持ちいいねぇ！」

熱すぎるお湯は苦手だ。すぐにのぼせてしまうし、そういうときは、何故か必ず風邪を引く。このお湯の温度はちょうどいいし、頬に冷たい空気が心地良い。

見上げると、お風呂を覆《おお》い隠すように木の枝が広がっていた。時々力尽きたさっきのような葉が、はらりと落ちてくる。ここから眺める月はさぞ綺麗だろうと、想像をめぐらしていると、おばさんが出て行った。出て行くとき、お湯に半分まで浸かったお尻を、ハルナがじっと、観察しているのが分かった。

おばさんが完全にいなくなるのを待ち、私はさっきからしたかったことをした。露天風呂を囲んでいる岩に、お湯をかけていくのだ。乾いている岩より、濡《ぬ》れた岩の方が風情があっていいと、恋人だった人が言っていた。顔も名前も覚えていない。でも、彼のことを、私はとてもとても好きだったような気がする。そしてお別れのとき、私はずいぶんと泣いた。誰だったのだろう。彼が岩のひとつひとつに丁寧にお湯をかけるのを、私は笑いながら、じっと見ていたものだ。

私の頭の中で、のっぺらぼうの男が、じゃぶじゃぶと岩にお湯をかけていく。彼の足の間のものはぐたりと垂れ下がっていて、私はそれに触れようと手を伸ばす。私の意図に気づいて彼は笑うが、にいと伸ばした口だけしか見えない。あれは、誰だったのだろう。

私は立ち上がって、手のひらの湯を岩のひとつずつにかけた。彼を思い出すように、乱暴に湯の中を歩く。濡れた岩は気持ちよさそうに、つやつやと緑色に光る。川の緑を、ここまで持ってきたみたいだ。ハルナは時折かかるお湯に目を細め、迷惑そうにしている。

「ナツぅ、何してんのぉ？」

「この方が好きなの」

ほとんどすべての岩にお湯をかけ終えると、私はやっとほっとして湯船に腰を下ろした。岩の感触が心地いい。さっきの木のベンチの納まりの悪さを思い出し、同時に、ハルナの桃色の下着を思い出した。春の桜のような、綺麗な桃色、ホックをはずすと、待ちきれないというように、大きめの胸が飛び出した。つんと上を向いた形の良い胸は、私のそれとは、大違いだった。

小さな林の奥によしずが立てかけてある。きっと男湯につながっているのだろう。ほとんど物音がしないから、誰も入っていないのかもしれない。アキオが入っていたら、おーい、そんな風に呼び合いが出来るのに。そう考えると、岩にお湯をかけるのがいいと教えてくれたのは、アキオだったかもしれないと思いだした。乾いた岩より、濡れた岩のほうがいいんだよ、こう、光って。そんな風に、アキオなら言いそうな気がする。ほら、ナツもやってみな。そう言うアキオを想像すると、のっぺらぼうの男は、たちまち輪郭を現す。そういえば足の間で揺れていたものは、確かに慣れ親しんだ、アキオのそれだったような気がする。私は何度か自分の顔を洗い、そして、お別れのときに悲しかったというあの思い出は何なのだろうと思う。彼を失って、とても悲しかったという記憶は。

やはりあの男の人は、別の人だったのだろうか。

考えるのも、顔を洗うのも面倒になって、湯船に潜った。化粧を取るのを忘れてしまったが、まあいいかと思う。お湯の上からハルナの、やあだ、という声がくぐもって聞こえる。随分と遠くから話しかけられているような気分だ。ハルナがもう一言、何か言ったような気がしたが、それは聞こえなかった。

お湯の中で目を開けると、ゆらゆらと揺れるお湯にまぎれ、桃色の花びらのようなものが見えた。湯の花か、きっと錯覚だろうが、何故だか私は、それがバラの花びらだといいのにな、と思った。ハルナの下着からはらりと落ちた、あの赤い、バラの花びらだといいのに。そう、思っていた。


四人で座ると、テーブルの上にお皿が載り切らなかった。仕方なく果物のお皿や煮物、おひつや魚を脇《わき》に置いておいて、お酒のアテになるものだけをつまむことにした。瓶ビールはしっかりと冷えていて、火照《ほて》った体をぐんぐん満たしていく。美味《おい》しい、そう言うと、それが思ったより大きな声だったので、皆笑った。さっきまで半分眠っていたようなトウヤマさえも、笑った。

ビールの最初の一口！　その苦味は、舌の上で、次に入ってくるものと交わるために、身構えている。でも次から次へとビールばかり流し入れると、あきらめて、ただ舌の上に残ることだけを考え始める。時折食べ物を入れると、驚いたように喉《のど》の奥へ消え、でも新しいビールを注ぎこむと、口の中はまた、その味だけになる。コクがあって、キレがあって、なんて誰かは言うが、本当はとてもだらしがなくて、あきらめが悪い。だから私は、ビールが好きだ。平気だよ、なんて顔をしておいて、私をすぐに酔わせてくれるのもいい。

「トウヤマも入ればよかったのに。内風呂、僕一人だったよ」

アキオは一口飲んだだけで顔が赤くなる。弱いのだ。それに、温泉で血のめぐりが良くなっているからか、いつもより、赤が強く印象に残る。

「後で入る」

トウヤマはハルナに二本目のビールをついでもらっている。ハルナからは離れていても分かる、あのバニラのような匂いが漂ってくる。同じ温泉に入ったのに、ちっとも損なわれていないから、香水かもしれない。ビールを飲むには、不釣合いな匂いだ。ハルナはいつもこれをつけているのか。トウヤマが煙草《たばこ》ばかり吸うのは、もしかしたら、この匂いを嫌っているからかもしれない。

アキオは、さっきからずっと、トウヤマに話しかけている。

「先に露天風呂に入ろう。内風呂は夜中になってからでもいいだろ」

「どっちでもいいよ。俺は別に」

「分かった、じゃあ、先に露天風呂、後で内風呂で決定な」

「めんどくせえな」

「アキ、猿みたいだよ」

急に、そんな言葉が口をついて出た。言って自分でも驚いたが、言った後は、人よりせり出した耳や、ムキになって話す口元が、ますます猿のものに見えてきた。トウヤマがちらりと私を見、ハルナは、ぶっと噴き出した。

「なぁに、ナツ急にぃ」

アキオは私を少し驚いたように見て、そして、顔をますます赤くした。さっきの驚きは消えずに残り、私の心臓は悪いことをしたときのように、どきどきと高鳴った。冗談に取ってくれればいいのに、そうでなければ、思い切り怒って、私をぶってくればいいのに。そう思って、アキオの反応を待った。顔を見ることは、出来なかった。

「何で」

アキオの声は、少し震えているように聞こえた。

「ごめん」

私がそう言っても、アキオから漂ってくる、ひやりとした空気はそのままだった。

「何で」

アキオが、もう一度そう言った。言葉を出せずにいる私と、グラスを握ったまま、まっすぐに私を見つめているだろうアキオの様子を窺《うかが》って、ハルナがあわてて口を挟んだ。

「やぁだ、ふたりともやめなよ。アキオ、ナツの冗談じゃん。ナツも急に言うからだよ、いっつもそうなんだから。なんていうの、脈絡がないっていうかさぁ。さっきもさ、急に岩にお湯ばちゃばちゃかけだしたり、お湯の中潜ったり、変わってるよねぇ」

私は意を決してアキオを見つめ返した。

「岩にお湯かけた方が、風情《ふぜい》があっていいでしょう？」

すがるような気持ちだった。「そうだね」アキオに、そう言ってほしかった。でもアキオは、私からついと、目を逸《そ》らした。

「ハルナ、大丈夫だって。僕怒ってなんかいないから。ナツのこういうとこ、慣れてるし」

ははは、そんな風に笑うアキオは、柔らかで優しい、いつものアキオだった。

「もうビールないのか」

トウヤマがそう言った。私たちのやり取りなんて、まるで興味がないようだ。ハルナが自分たちの部屋のビールを取ってくる、そう言って出て行った。

ハルナがいなくなると、部屋が急に静かになった。私はもうすっかりぬるくなった

ビールを飲み干し、

「アキ、ごめんね」

と言った。アキオは口に入れていた肉をゆっくり噛《か》み砕き、それからビールを一口飲んだ。

「いいよ、僕、本当に、猿みたいなもんだしな」

嫌味で言っているようには聞こえなかった。アキオは大真面目《おおまじめ》にそう言って、言ってからはっとした顔をし、急におどけた。

「詫《わ》びにさ、その肉ちょうだいよ」

私の鉄板の上のくたびれた肉を指さし、いたずらっぽい目を私に向けてくる。ちょっと嫌な気分になって、私はそれを無言で皿の上に置いた。アキオは、お、サンキュー、そんな風に軽口をたたいて、一口で食べてしまった。

ビール瓶をたくさん抱えてきたハルナに、トウヤマは、

「煙草も」

と言った。ハルナは、「えー」と、抗議の声を挙げたが、冷蔵庫にビールを入れ終わると、またそそくさと部屋を出て行った。

ハルナが出て行くのを待ち、トウヤマを見ると、トウヤマは私のことを、はっきり

と見た。初めて会った日のような、素直で、まっすぐな目だった。

「もう、冬だな」

私は、トウヤマの目を見返した。秋より先に冬がやってくると、トウヤマも思っていたのか。私はトウヤマから目を逸らし、アキオを見た。何か言ってほしかったが、アキオはふふ、と笑うだけだった。


内風呂《うちぶろ》へ行こう、というハルナを断って、また露天風呂に入ることにした。露天だと髪や体を洗うことが出来ないとハルナは言ったが、もともと、髪も体も洗う気はなかった。ハルナはひとりじゃ寂しいと言った。でも、夜中にトウヤマと入ればいいでしょう、そう言うと気を取り直したようだった。廊下で別れるとき、トウヤマに、

「トウヤマ君、鍵《かぎ》かけて寝ちゃわないでねぇ！」

そう言ったが、トウヤマは乱暴に手を上げただけで、何も言わなかった。

アキオとトウヤマとも別れて、私は一人で、さっきの下駄《げた》を履いた。夕方、あれだけ賑《にぎ》やかだった庭園も、夜になると葉や木々の影が身を潜め、しんと静かである。非常口の、緑の光が眩《まぶ》しい。なるだけそれを見ないようにして、私は下駄の足音に耳を澄ませた。

カランコロン、カランコロン。

暗いところで聞くと、さっきとは違った風に聞こえる。

「ニャア」

猫の鳴き声がした。とても細く、小さな声だった。子猫かもしれない。辺りを見回したが、姿が見えない。ニャア、と鳴き真似《まね》をしながら、しゃがんで、繁《しげ》みの中を適当に覗《のぞ》いてみた。でも、猫はどこにもいなかった。

猫を見つけられなかったことが、私を、どことなく、センチメンタルな気持ちにさせた。温泉に、一人ぼっちで来たような気分だ。そしてすぐ、それも悪くないなと思った。アキオにも、誰にも言わないで、好きな温泉宿に泊まる。ひとりで食事をするのは寂しいかもしれないが、気まぐれに湯船に浸《つ》かればそのときこそ、岩にお湯をかけていた誰かを、きっと思い出すだろう。

また、下駄が一足脱いであった。旅館の下駄は皆同じだが、きっとさっきの優しそうなおばさんだろうと思った。嫌ではなかった。

白熱灯のぼんやりとした明かりが、湯船を照らしている。ゆっくりとかけ湯をして入った。さっきのように、肌は粟立《あわだ》たなかった。ただ体から浮かんできた泡が、またしゅわあっと微《かす》かな、綺麗《きれい》な音を立てた。

下駄を見たときは、きっとそうだと自信があったが、今はっきりと見たその人が、さっきの人かどうかがちっとも分からない。年恰好《としかっこう》は同じような気がするが、顔が、どうしても思い出せないのだ。そしてそもそも、顔なんて見なかったような気もする。女の人は一度こちらをちらりと見たが、すぐにゆっくりと背を向けた。さっきの人は、こんなに若い人ではなかった。もっと年を取っていたが、どんな顔だったか思い出せない。優しそうな人だったと思う。話しかけられたような気もするし、すぐに出て行ったような気もする。考えることをやめて、また湯船に潜りたくなったが、女の人がなかなか出て行かなそうなので、あきらめた。

岩を見ると、さっき私がかけたお湯は乾いていた。でも暗闇《くらやみ》の中で見る岩は、濡《ぬ》れてもいないのに月の光を反射し、ぬらぬらと光っている。ちゃぷ、ちゃぷ、と湯が優しく当たる音がする。どうせなら、雨が降ればいいのに。雨が降るときっと、ちりちりと、綺麗な音がするだろう。さっきの下駄よりももっと涼しげで、優しい音がするだろう。私は空を見上げ、雨の気配がないか、目をこらしてみた。でも空は澄んだ初秋の空で、明日もきっと晴れるだろうことを、静かに、でも確実に、約束しているのだった。

女の人が湯の中を移動した。肩まで湯に浸かったまま、静かに近づいて来る。猫みたいな人だな、と思った。私の前を通り過ぎるとき、軽く頭を下げた気がした。あわてて頭を下げ、今度は私が入れ違いに、女の人の座っていた方まで移動した。真似をして、なるだけ静かに移動しようと思ったが、どうしてもちゃぶちゃぶと波が立ってしまう。このまま出るのかと思っていたが、女の人は移動した先で留まって、ゆっくりと肩に湯をかけている。やはり、さっきの人とは、全く違う人だ。綺麗な顔をしているが、どことなく、寂しげな感じのする人だった。

なんとなく気詰まりだった。早くひとりになりたいと思ったとき、よしずの奥から、アキオらしき声が聞こえた。そちらに耳を澄ませると、はは、そう笑っているようだった。アキオ、という言葉が喉まで出かかったが、アキオたちは今、内風呂に入っているはずだと思い出し、はっとした。

「お先に」

そう、声をかけられた。さっきの女の人が、にっこりと笑っている。笑った口元が、口紅を塗ったように赤い。鎖骨がくっきりとせり出した、ずいぶん細い女の人だった。突然そんな風に笑いかけられ、私は面食らってしまった。

「ああ、どうも」

そんな風に曖昧《あいまい》に返事をすると、女の人は、立ち上がろうと、岩に足をかけた。

そのとき、花が見えた。

その人は太腿《ふともも》に、大きな牡丹《ぼたん》の刺青《いれずみ》をしていた。腿の正面から内腿にかけ桃色の花びらがふわりと広がり、そのまま脚に絡《から》みつくように茎と葉が陰影を描いている。触れると、嫌がるように動き出しそうな、露をはらんだみずみずしさがあり、足の間へ葉が伸びていく様は本物の牡丹よりも数倍美しく、官能的だった。先程湯船の中で見た花びらのようなもの、あれは、この人のものだったのかもしれない。ハルナのものではなく、この人の脚の間から、ひらりと落ちたものだったのかもしれない。

私は、あなたを知っている。急に、そう思った。

暗闇に濡れて光る牡丹の花を、秘密めいたそのなまめかしい花びらを、あなたは優しく脚を開き、私に見せてくれた。薄く、笑って。

待って。そう声をかけたかった。だが、不安になって、思いとどまった。女の人はひらひらと歩き、のれんの先に姿を消した。その歩き方も、まったく猫のように静かであった。

知っているわけはない。

女の人の顔も、牡丹の刺青も、見たことなどないはずだ。でもこの懐《なつ》かしさは、私のことをよく知ってくれている誰かに会ったときのような安心感は、そして同時に沸いてくる、胸をかき乱す黒い塊は、何なのだろう。やっとひとりになれたのに、私はどきどきと、落ち着かなかった。お湯の中でまた肌が粟立つほど、体がひやりと冷えた。

出よう。

立ち上がろうと手をついたそのとき、自分の手が、震えていることに気付いた。自分の体重さえも支えきれず、私はそのままの姿勢で、動けなかった。そのときだった。

私の眼の前に、のっぺらぼうの男が現れた。その男は性器をさらし、にいと笑って、私の眼の前を、じゃぶじゃぶと乱暴に歩きまわった。歩くたび波が立ち、彼の影が、岩を濡らした。声をあげたかったが、喉《のど》から搾《しぼ》り出すように出たのは、しゅう、という空気の音だけだった。私は恐怖で動けなかったのだが、同時に、このまま動きたくない、という、不思議な欲求からでもあった。このままここで、あなたと一緒にいたいと、そののっぺらぼうの男に対して、思った。

ごぼごぼという波音に混じって、ナツ？　そう、誰かが呼ぶ声が聞こえた。それはさっきの、アキオの声ではなかった。

知っているのに、どうしても思い出せない、それは、誰かの声だった。

懐かしいな、そう思うと、ますます、それが誰の声だか分からなくなった。

最初は、煙草《たばこ》だった。

ある日、朝目が覚めると、机の上に、吸殻が数本捨ててあった。

誰のものか、分からなかった。それはある日突然、私の部屋にあった。

ごみ箱の中を覗いてみると、他に数本が捨ててあった。ままならない記憶を思い起こそうと躍起になったが叶《かな》わず、今まさに誰かの口から捨てられたような唾液《だえき》の跡をつけ、それらはただ机を汚しているのだった。

アキオではないと思った。私？　そう考えたが、煙草を吸ったことも買ったことも、何も覚えていなかった。酔っていたのではない。でも、前の晩の出来事が、頭からすっぽりと抜け落ちていた。誰かが部屋に入ったのだ。そう思うと、背中を冷たい手で撫《な》でられたような気がした。でも、何も、思い出せなかった。そのときの感情を、そして煙草にまつわる一連の動作を、何も頭に浮かべることが出来なかった。

奇妙な出来事に、私はしばらく平衡を失い、震える手で、捨てられた吸殻に触れた。ごみ箱から出したのだろう。もう一度吸おうと思ったのか、フィルターぎりぎりまでの短いものがあったり、かといえば、新しい一本ほど長いものもあった。じっとそれを見ていると、急に懐かしさがこみあげてきた。何故《なぜ》だろう、どきどきと落ち着かなかった心臓が、ゆっくりと元のリズムを取り戻していた。この安心感は何なのだろう、そう思って、私は長い一本を手に取った。そしてライターで火をつけ、それを吸った。火をつけた後は、このライターはどこで手に入れたのだろうと、また不安になった。大きく吸い込むと、肺が驚いて、悲鳴を上げた。私は五分ほども咳《せ》き込み、そして咳き込んだ後はずいぶんと疲れて、そのまま床で眠ってしまった。

私を起こしてくれたのは、アキオだった。眠ってから、まる二日経《た》っていた。アキオは私に何かを言いたそうに見えた。でも、何も食べていない私の曇った目を見て、あきらめたように、

「大丈夫か？」

と言った。私はそのとき、この声を覚えている、そう思った。そして、「覚えている」と思うことが、おかしいと思った。私は確かめるようにアキオの声をなぞり、アキオが私を見るその目を、その奥に宿っている乾いた光を、感じようとした。そのときの私は、とても疲れていた。そして、あれだけ咳き込んだ煙草を、強烈に欲していた。私は倒れこむように、もう一度煙草に火をつけた。フィルターが不自然にひしゃげた、吸殻だった。

その日から、時折思い出したように煙草を吸う私を、アキオがとても静かな目で見つめるようになった。

「ナツ？」

私を呼ぶ声がする。われに返って振り返ると、浴衣《ゆかた》を着たハルナが立っていた。

「ナツがあんまり遅いんで、アキオが心配してたよ」

私は肩まで湯に浸かっていた。のっぺらぼうの男も、猫のような女の人も、いなかった。

「遅い？　私、どれくらい入ってたの？」

「二時間くらいよ」

ちりちり、と音がした。綺麗なその音を聞き、雨が降ってきたのかと空を見上げると、それはさっきのまま、どこまでも澄んでそこにあるのだった。

二時間もたっていたなんて、何も気付かなかった。私はここで、何をしていたのだろう。

「ナツってば」

顔を乱暴に洗い、なるたけ大きな声で返事をした。

「ごめんごめん、ひとりだったから、あんまり気持ちよくて」

「気持ちいいったって、二時間は入りすぎだよ」

「そうね、そうだね」

立ち上がると、頭がぐらりとした。きつい煙草を吸ったときの、あの感じだ。

「よろけてんじゃん、大丈夫？」

ハルナの声が遠くに聞こえた。歩き出すと、

「ナツ？」

また、あの声がよしずの奥から聞こえたような気がした。振り返らずに、そのまま歩いた。

私はきっと、狂っているのだ。


あんまりふらふらと頼りないものだから、ハルナが腕を支えてくれた。ごめんね、そう言うと、ハルナが何か言ったが、聞こえなかった。部屋に戻る廊下のソファに、アキオが座っている。私の姿を見ると立ち上がり、心配そうな顔をした。

「大丈夫か？」

懐かしい声だった。私は軽くうなずき、三人で歩いた。

「トウヤマは？」

私がそう聞いた、その「は？」にかぶせるように、ハルナが、

「部屋でお酒飲んでる」

と言った。思い出して、

「お風呂《ふろ》、一緒に入った？」

と聞くと、また何か言ったが、それも聞こえなかった。


部屋に戻ると、ふわふわと柔らかそうな布団《ふとん》が二組敷いてあった。アキオは私をそこに寝かせ、頭を撫でてくれた。アキオの手から零《こぼ》れ落ちたのか、白い粉のようなものが私の睫毛《まつげ》をかすめた。何度か瞬《まばた》きをしたらそれらはどこかへ行ってしまったが、残像だけが残った。

「長いこと、入りすぎだよ。のぼせたろ？」

「うん」

頭がぐるぐると回る。天井が近くなったり、遠くなったりする。頭に置かれたアキオの手だけが、今の私には確実なものに感じる。この世と私をつなぐ、たったひとつのもののように思える。

「アキとこうして温泉に来たこと、あった？」

アキオがこちらを見つめているのは分かるのだが、薄暗くした部屋と、ぐるぐる回る頭のせいで、はっきりと見えない。考えているのか、アキオはなかなか返事をしてくれない。不安になって、頭に置かれた手に触れようとしたとき、やっと答えた。

「うん、あったよ」

それを聞いて、私はようやく安心した。

やはり、あの男の人はアキオだったのだ。

濡れた岩のほうがいいんだよ、こう、風情《ふぜい》があってさ。そうやって乱暴に歩き回ったあの人は、今ここにいるアキオだったのだ。私はほう、とため息をついて、足の間に揺れていたものを思い出し、笑った。

「でも、あの温泉よりいいよ、きっと。内風呂にね、鯉《こい》がいるんだ。大きな鯉。お湯に面した窓にね、ゆらゆらと揺れてるんだよ。不思議だろ？」

アキオも、私を見て笑った。へえ、消えそうな声でそう言うと、私はまたアキオのことを思った。

「アキ」

「ん？」

「僕と、付き合ってくれませんか？」

二度目の食事のとき、アキオは丁寧に丁寧にそう言った。辞書で調べた言葉を、皆に説明するときのような、くっきりと、明瞭《めいりょう》な言い方だった。

私は、それからずっとアキオのそばにいたし、アキオの吐き出した息を吸い込み、アキオの寝顔を見て眠り、アキオの裸にため息をついた。

アキオはまったく、陶器のような人間だった。つるりと滑《なめ》らかな肌、しっとりと穏やかな表情、そして、しんと冷え切った感情。

アキオはとても、優しい人だ。いつだって私のことを気にかけ、慰め、暖めてくれる。でも、アキオが優しい言葉をかけてくれればくれるほど、柔らかく抱きしめてくれればくれるほど、アキオの中からとても冷たい、ぞっとするような静かな感情が押し寄せてくる。私はそれに怯《おび》えた。そうしている私を、アキオはますます優しく慰めてくれ、そしてまた私は、それを恐ろしく思う。そういう、絶望的な堂々巡りだった。

アキオを愛し、アキオに愛されるほど、恐怖を募らせる。私は、しばしばアキオを困らせた。アキオは、そんな私を、いつだって静かな目で見ていた。

煙を吐く私。混濁した渦に巻き込まれ、決してそこから出てこようとしない私。

「大丈夫か？　ナツ、お茶飲む？」

私の返事を聞かず、アキオは私を起こし、湯のみを渡した。

起きるとき、まだ少しくらくらとしたが、ずいぶんと気分は良くなった。湯のみを口にすると、お茶がぬるくなっている。それでも、私はごくごくと飲んだ。ぬるい、けれど美味《おい》しい。そう言うと、アキオが思い出したように、私の手から湯のみを取り上げた。取り上げ方が乱暴だったから、怒っているのかと思ったが、アキオは優しく私の手を握り、立ち上がった。

お茶を飲むと、急に喉が渇き、アキオが冷蔵庫から水を取り出してくれるのを待った。喉を鳴らしてそれを飲み干すと、何故だか乱暴な気持ちになった。じゃぶじゃぶとお湯の中を歩き回るアキオを思い出しながら、その太腿《ふともも》に、そしてその奥にあるものに触れようとした。驚いたのか、アキオは一瞬腰を引いた。

アキオは、私の怯えた顔が好きだ。きっと、そのときの私が、そうだったのだろう。アキオは私を見て、にっこりと笑った。その笑顔は、いつか見たアキオの笑顔とは変わってしまった気がしたが、かまわず手を伸ばし、触れた。

涙が出そうだった。私はアキオに、抱かれたことがない。

ちりちりと、今度は本当に、雨の音がする。

その音を聞いた途端、煙草の煙を思い浮かべた。

隣の部屋のトウヤマは、また煙草を吸っているのだろう。暗い中では薄く紫に見える煙を吐いて、また、あのきつい煙草を吸っているのだろう。灰皿には、フィルターのひしゃげた煙草が、山になっているのだろう。

ああ、煙草が吸いたい。

私はそんなことを考えていた。

煙草の、その紫の煙。トウヤマの煙草。

それはきっと、私の心を捉《とら》えてしまうだろう。あの夜のように、それは私の心を捉えて、離してはくれないだろう。

「ナツ、ごめんな」

アキオがそう言った。何のことか分からなかった。ただアキオからはまた、あの静かな感情が押し寄せ、ああ私の肌は冷たさに粟立《あわだ》つだろうと思ったが、それはいつもとは違った。いつまでも、いつまでも、暖かかった。

私は、アキオへの愛《いと》しさで、我を忘れた。いつまでも口を動かし、そしてやはり、煙草が吸いたいと、思っていた。

ここは、秋より先に冬が来る。

それを教えるように、雨は、静かに静かに降り続ける。ニャア、と、どこかでまた、猫が鳴く声がした。そして、ちゃぷん、と、何かが跳ねるような音。

それはアキオが教えてくれた、鯉の音かもしれない。ゆらゆらと揺れてるんだよ。そう教えてくれた、あの、窓の魚かもしれない。鱗《うろこ》をきらきらと光らせながら、それらは今も揺れているのだろう。雨を心地よく思いながら、水の中に、しっとりと沈み込んでいるのだろう。

「ごめんな」

アキオが、もう一度そう言った。

それを聞いたとき、アキオと温泉に来たのは、これが初めてだと思い出した。

でも、やはり雨は降り、いつしか私たちの姿を夜の中に隠そうとするものだから、私は目をつむり、それが完璧《かんぺき》に訪れるのを待った。

○○○

お父さんも、定年になって、時間も出来たのだし、たまには羽を伸ばしておいで、なんて、息子夫婦が気を遣って、言ってくれたのですが、私たちは、ちっとも行く気がなくって、でも、ぐずぐずしてるそばから、あれやこれや温泉の雑誌を持って来て、ほら、ここがいいよ、これはどう、なんて、随分と熱心で、断るのにも断れなくなって、来たんです。もしかしたら、家に一日中いる老夫婦を、疎《うと》ましく思っていたのかもしれませんね。孫も中学生になって、面倒を見たりしなくていいから、お役御免、というわけですか。とにかく、新幹線の切符やら乗り継ぎやらも、全《すべ》て手配してくれて、何か裏があるのかしら、て、疑っちゃうくらい、準備万端整えられて、ふたりで出かけるとはいえ、何もかもメモに書いてくれているものだから、なんていうんですか、ツアー旅行に参加しているような、お気楽な気分でした。

主人も、元々出不精、近所に煙草《たばこ》を買いに行くのさえ、億劫《おっくう》がるような有様だったので、今回の旅行も、乗り気ではなかったようなのですが、日が迫ってくるうち、自分で時刻表や何やを見なくてもいいし、駅弁はどこそこ駅のこれを買え、なんていうことまでメモに書いてあるものだから、随分と楽な旅だ、と、思ったのでしょう。次々変わって行く、車窓の景色を見ている顔は、とても晴れやかなものだったので、私も、旅行に来て、良かったわと、思いました。

宿は、古くからある、立派なものでした。

とても広い宿だったのですが、初秋の、少し肌寒くなってきた平日、私たちのほかに、お客さんは二、三組しか、いなかったようです。女将《おかみ》さんは、宿の古めかしさと対照的に、若くて綺麗《きれい》な女性で、「貸切みたいなものですから、どうぞゆっくりしていらしてください」と、言ってくれました。木々が紅葉しだしたら、客も増えるのかな、と、主人は言いましたが、あそこが、お客さんでいっぱいになるところは、想像出来ませんでした。立派な庭園も、錦鯉《にしきごい》のいる池も、部屋の欄間《らんま》も、どこか寂しげな雰囲気のある、そしてそれが風情《ふぜい》となっている場所でした。私は、そこをとても気に入りました。

私たちのほかに見たお客さんは、最初に入った露天風呂《ろてんぶろ》で見た、女性の二人組だけです。私には、大学生か何かに、見えました。ふたりはそれほど話していませんでしたが、ぱっと見た感じ、ふたりがお友達でいることが、少し不思議に思われるような、風貌《ふうぼう》でした。裸になっても、分かるものです。茶色い髪をして、綺麗に爪《つめ》を作った女の子は、いかにも現代風、といった感じで、話し方も、甘えたように、語尾を伸ばして話していましたが、もうひとりの女の子は、黒髪が綺麗で、楚々《そそ》としていて、青白い肌が、若いのに、あの宿に、しっくりきていました。

事件があったと聞いたとき、真っ先に、私はあの黒髪の女の子を、頭に浮かべました。

お料理を食べる頃には、主人はすっかり、上機嫌になっていました。そんなこと、普段は絶対に言わないのに、息子夫婦に礼の電話をかけろ、なんて、そんなことまで言うものだから、「じじばばがいなくなって、今頃せいせいしているのだから、帰ってからにしましょう」と、言いました。言ってからおかしくなって、私は笑いました。主人も、笑いました。お刺身は少し乾いていたけれど、久しぶりに飲んだ日本酒が、お料理を美味《おい》しくしてくれました。

それから、他のお客さんを見ることは、ありませんでした。ただ、夜入った、内風呂の脱衣所の床が濡《ぬ》れていて、それが温かかったので、つい今まで、誰かがいたのだなと、思ったことは、覚えています。

年を取ると、早く起きてしまうものです。次の日、すっかり元気になった私たちは、庭園を軽く、散歩しました。随分昔からあるのでしょうが、形の違う木を、あんな風に配分良く植えるのは、きっと腕のいい職人さんの仕事なのだろうと、思いました。朝の空気が、きんと冷えていましたが、それがまた気持ち良く、主人も、隣で鼻歌などを歌うものだから、驚きました。だから、そういえば、と、主人が言ったときも、鼻歌の続きかしらと、思ったほどです。「昨日、露天につかっていたら、猫の声がした」と、主人は言いました。声がするのだけど、探しても探しても、姿がどうしても見えないものだから、女湯の方にいるのかなと、思った、と。私は、そんな猫の声なんて、ちっとも気付かなかったわ、と言いました。池には立派な鯉が泳いでいるし、それを狙《ねら》って来たのかもしれません。でもとにかく、猫の声も聞かなかったし、姿も見なかったわよ、と言ったら、主人は、おかしいな、確かに、聞いたんだがな、と、不思議そうな顔をしました。

私たちが、そのニュースを知ったのは、家に帰ってからのことです。階下でテレビを見ていた孫が、興奮した様子で、私たちに報告をしてきたのです。「ここ、おばあちゃんたちが泊まった宿じゃない？」テニス部に入り、すっかり日焼けした孫が、私たちの部屋のテレビをつけました。薄暗いけれど清潔なロビー、紅葉すれば、きっと素晴らしいものになる庭園と、内風呂から見えていた錦鯉のいる池は、確かに、そうでした。

身元の分からない女の人の死体が、その池から、発見されたと言うのです。

「しかも、今朝発見されたらしいわよ。おばあちゃんたち、知らなかったの？」

孫がそう言うのを、私たちは、ほとんど上の空で、聞いていました。私たちが宿を出たのは、九時を回った頃でした。死体が発見されたのは、午前十時頃のことだそうです。池にかかる橋の、水中に立っている柱に、宿の浴衣《ゆかた》が、ひっかかっていたそうです。夫がぽつりと、「気付かなかった」と、言いました。朝の散歩のとき、私たちが、通った橋です。ちょうど、猫の声を聞いたのに姿が見えなかったと、話していたあたり。その下に、女の人の、死体があったなんて。

人が死んでも、今では、よほどのことがないとニュースになることはありませんが、その女の人の、名前も、身元も、何もかもが分からないことが、そのきっかけになったようです。宿帳に書かれていた住所も名前も、全てでたらめだったようで、死因も、外傷がなく、何か薬物が胃の中から検出された、ということ以外、分からないそうです。遺書のようなものも、なかったということでした。インタビューに答えている女の人は、顔が映っていなかったけれど、私たちに、優しく声をかけてくれた、あの若くて綺麗な女将さんだということは、分かりました。

息子夫婦は、せっかくの旅行だったのに、と、なんだか、自分たちが悪いみたいに、しょんぼりしていました。でも、私たちは、ちっとも、かまいませんでした。それどころか、私も夫も、少し、興奮していました。本当に、素敵な宿だったと、息子夫婦に言いました。女の人の死体が浮かんでいたという、あの池の上を、歩いたのだという事実、宿の浴衣が、鯉と一緒に、ゆらゆらと揺れていたのだと思うと、それはひどく、美しい景色のような気がしました。そして、その女の人が、出来るなら、私が露天風呂で会った、あの女の子であればいいと、思いました。

細くて、わずかな翳《かげ》りがあって、真っ黒い髪が濡れるのもかまわなかった、あの子なら、きっと、橋の下でたゆたっているのが似合うわ、と、そんな不謹慎なことを、思っていました。

あの子は、「死」というものと、とても近いところに存在していたような気がするのです。そしてその気配を漂わせることで、ますます己を輝かせる、そんな魔力を持った子であるような、気がするのです。一瞬しか見ていないのに、あの子は私の心を、完全に捉《とら》えてしまったのです。

「これは、事件ね」そう言って、キラキラした目を、こちらに向けてくる孫は、真っ黒い肌をし、溢《あふ》れんばかりの健康な光を発して、「死」から、対極のもののように、思えました。でもいつか、橋の下で浮かんでいたという、名前のない女の人のように、露天風呂で見た、黒い髪のあの子のように、女の暗い情感を、身にまとうときが来るのだろうか、と思いました。そこにいるだけで、匂《にお》い立ってくる、抗《あらが》いがたい女の情のようなものを、まとうときが、来るのだろうか。

私の気持ちを、察しているかのように、主人も、テレビに釘付《くぎづ》けになっている孫を、じっと、見ていました。

この川を見たら、あの女は、なんて言うだろうか。

たとえば俺がこんな風にあいつを温泉に連れてきてやったら、あいつは喜ぶのだろうか。綺麗《きれい》な緑ね、そんな風に言って、しばらくベンチに座って、はしゃいでいるだろうか。

いや、違う。温泉に行こうなんて言えばきっと、へへと、あの、人を馬鹿《ばか》にしたような笑いでもって、ごまかしてしまうのだろう。いいわねえ、そんな風にぐにゃぐにゃと言って、後は、そんな話などなかったように、また俺に、煙草《たばこ》をせがむのだろう。

「ねぇ、煙草ちょーだい」

腹が立つ。

煙草を吸おうとすると、ハルナが腕を引っ張ってくる。俺はそれをふりほどき、火をつける。ジュッと音がし、青い火が煙草の先を焼く。その音を聞くと、やっと安心する。煙が肺に入ってくる前から、俺はもう、それを味わっている。その香りを思い浮かべて、泣きだしそうにも、笑いだしそうにも、なる。

道路の向こうでナツとアキオが何か言っているが、聞こえないからかまわず、俺は最初の煙を、思い切り肺に吸い込んだ。ぐぐ、と、音がするくらいに、俺の体を煙が満たす。バスに乗っている間は、一時間ほども煙草を吸えなかった。そんなときは寝てしまうしかない。肺に入ってくる煙のことを考えると、気が狂いそうになるからだ。

金を出すからバリへ行こうと、いつかハルナに言われたことがあったが、機内で何時間も煙草を吸えないのは地獄だと、断った。煙草を吸えない世界になったら、俺は一生、部屋から出ないだろう。そのまま死んでしまっても、かまわない。

ハルナは一度、自分と煙草とどちらが大切なのか、そんなようなことを言ってきたことがあった。馬鹿を言うな、そう思った。煙草に、決まっている。そう言うと、またぎゃんぎゃんとうるさいから、そのときは黙っておいた。

「部屋、どんなだろうね」

風で飛ばされそうなマフラーを手で押さえて、ハルナは甘ったるい匂《にお》いをさせている。嗅《か》ぎなれた匂いである。

この女と最初にやったのは、いつだったか。寒い時期だった気もするし、汗をかいていたような気もする。唯一《ゆいいつ》、俺がべろべろに酔っていたことだけは、覚えてる。その一件があった日から、ハルナはいつの間にか、俺の部屋に居座り、そのまま、帰らないようになった。風呂場《ふろば》には、外国製のシャンプーやら何やらが並べられるようになり、台所には、よく分からない調味料がどんどん増えていった。

俺はそれを、ぼんやりした気持ちで眺めていた。何も言う気が、起こらなかった。そのときにはもう、ハルナとやることにも、飽きていたような気がする。

どうしてこの女は、俺に執着するのか。

「ハルナ」

「ん？」

「お前金大丈夫なのか、俺の分まで出して」

「大丈夫よ。トウヤマ君と温泉来れるの、嬉《うれ》しいもん」

金をどうやって工面しているのだろうか。家賃を出さないが、週に三日程度のキャバクラのバイトで、バリに行こう温泉に行こうという金が出来るとは、思えない。それにハルナは何やかやと俺の家に荷物を増やす。新しい服、新しい靴、かばん、化粧品。パトロンのようなものでも、いるのか。

「川沿いだったらいいね」

ハルナの髪から、やはり甘ったるい匂いがする。洋菓子みたいな匂いだ。

あいつだったら。

あいつだったら、こんな匂いはさせない。メンソール吸ったら、吐きそうになるのよ、そんな風に言って、かきあげる髪からは、強い煙草と、夜が始まるときの匂いがする。いつの間にか、腰までそれにどっぷり浸《つ》かってしまっている、真夜中の、黒くて嫌らしい匂いがする。

父親がダムを造る仕事をしていたから、川の近くばかりに住んでいるのだと、言っていた。今もそう、ベランダから川が見えるから、椅子《いす》を出してぼんやりしているのがいい、と。俺はあいつの家を知らない。あいつは嘘《うそ》ばかりつくし、本当に川沿いに住んでいるのかどうかさえ分からない。でも、川を見ているあいつのことは、簡単に想像がつく。髪の毛をぺたぺたと触りながら、水の流れているのを、馬鹿みたいに見ているのだろう。長い方が好きだと言ったのに、切りやがった、短い髪を、もみじのような、ごつごつした小さい手で、触っているのだろう。

　ハルナは俺に腕を絡《から》ませたまま、ナツと話している。アキオは、そんなふたりを少し離れたところから見て、笑っている。俺と目が合うと、少しはっとした表情をして、また川を見る。そのアキオの表情に、俺も少しはっとするが、何故《なぜ》かは分からないので、ハルナに腕を引かれるまま、歩き出す。

　川からの風が心地いい。明らかに東京と空気が違う。手を伸ばせば、その輪郭がくっきりしている。木の枝や川の水が、ではない。ここはそれを映す空気が、くっきりとしている。町の空気は、いつもぼんやりとぼやけている。それは角ばったビルを歪《ゆが》んで見せたり、路上に生えている草を、隠してしまう。

　こういうところに来ると、落ち着かなくなる。自分のことをまっとうな人間だと思ったことなど一度もないが、こう、何もかもはっきりと映されると、自分が何か場違いな、隠されるべき人間のように思えてくる。

　煙が恋しくなり、煙草を探した。こんな綺麗なところなのに、とでも言いたげにハルナが俺を見るが、俺は構わず肺と、この空気に、黒を足す。

　そして少し落ち着いたら、やはり、この景色をあいつはどう言うだろうかと、そんなことばかり考えている。

どういう理由だったか忘れたが、アキオが部屋をじゃんけんで決めようと言い出した。一睡もしていない頭で、誰が何を言っているのか、俺には理解出来なかった。ごちゃごちゃ何かを言っていたみたいだが、部屋で何をするのか、そんなようなことを聞かれたことだけは分かったから、寝ると答えておいた。アキオがそうかと言い、ハルナが露天風呂、と叫んで、俺を部屋まで連れて行ったのは覚えているが、畳で寝ころがってからの記憶がない。疲れていたのだろう。当然だ。朝の七時まで働いて、一睡もせず、そのまま電車とバスを乗り継いで温泉に来るなんて、常人のやることではない。よほど、行くのはやめると言おうかと思ったが、完璧《かんぺき》に準備を整え、鼻歌など歌っているハルナを見ていると、そんなことは言えなくなった。

ハルナは、いつも笑っている。笑うと目元が赤く染まり、見ようによっては、泣いているように見える。一度、何故そんなにいつも笑っているのだと聞いたら、不思議そうな顔で、見返してきた。俺は急にそんな質問をしたことが恥ずかしくなり、そのまま布団《ふとん》に潜って眠った。布団は、煙草の匂いがする。

目を覚ましたとき、一瞬、自分がどこで眠っているのか分からなかった。煙草の匂いのする布団にくるまれていたのは、夢だったようだ。左の頬に畳が当たる感触が心地良い。このまま飯も食わず、風呂にも入らず、朝まで眠れればいい、と思った。

寝返りを打って窓を見ると、外はすでに青黒くなっていた。

昼間の風は、もう吹いていないようだ。空が、しんと、静まり返っている。代わりに川のさらさらと流れる音がする。それと、飯を炊《た》く甘い匂いと、硫黄の匂いだ。窓を開けてみようかと思うが、そこまで行くのも、面倒くさい。

「ハルナ」

声に出してみたが、ハルナがいないことは、分かっている。

こめかみが、じいんとしびれる。脳に酸素が足りていないのだ。窓の外にある煙突から、煙がもうもうと出ている。炊事場の煙突か、それとも風呂か。青黒い空に白い煙が上がっていく様が、葬式のようだ。

また、煙草が吸いたくなった。

新しい煙草を開け、それに火をつけた。起きてすぐに吸う煙草が、一番美味《うま》い。煙が、まっすぐ肺に入っていくのが分かる。もっと、体全部で、煙を吸いたいと思う。肺で留まるのではなく、そのまま静脈や動脈に乗って、体全部に煙が浸透していくのを、感じたいと思う。だから俺はいつも、煙を吐き出すのが、少し遅れる。

目が慣れると、部屋の様子が分かるようになった。時計を見ると、まだ五時前、二時間ほど眠ったか。尻《しり》が痛いと思ったら、携帯を入れたままだった。開くと、液晶の緑の光が、目に眩《まぶ》しい。着信も、メールもなし。電波の棒が、一本だけ立っている。電話してみようか。

そう思った。しかし、すぐに思い直した。俺は二本目の煙草に火をつけて目をつむり、自分の体が煙に浸されるのと、青黒い夜が完璧に落ちてくるのを、待った。

空は、油断していると、すぐに色を変える。ついさっきまで見えていた木の幹や、足元に落ちた何かの葉や、煙草の吸殻などが、いつの間にか目を凝らさなければ見えないようになり、ああしまった、そう思って上を向くと、もう遅い。薄墨を一滴垂らした、雫《しずく》のようなそれが藍色《あいいろ》に広がり、だらしなく、しかしすばやく、黒に変えてしまう。さっきまでの空の色を、黒になる前のそれを思い出そうとしても、駄目だ。それはもう、昨日の中にしかなく、俺は、これから始まる朝までの長い時間のことを思って、げんなりする。そしてだらしない夜の、その中から零《こぼ》れ落ちたようなあの女のことを考え、何度も舌打ちをするはめになる。

「甘い酒なんか飲めない」

酔っ払うと、グラスをすぐにひっくり返す。新しく入れてやった酒の金を払ったこともないし、入れてやった俺に、礼も言わない。

「何これ、さっきあたしが飲んでたやつ？」

どろんとした目でそう言って、一口も飲まずに、寝てしまうこともある。男が迎えにくるまでは、あいつはずっと、夢の中にいる。嫌な夢を見ればいい。そう願うが、時々体をびくりと震わせるあいつを見ていると、そう思うことも、忘れる。胸の開いた服を着ているから、その中に手を突っ込んでやろうと思っていたが、そのときは、それも忘れてしまう。俺はぼうっとあいつを見たまま、やはり煙草を吸う。

このまま朝まで、誰も来なければいいと思う。

この、黒い空気が、ずっと黒ければいいと思う。


何本目かの煙草を吸っていたら、ハルナが戻ってきた。頬を赤く染め、硫黄の匂いをさせている。いつもの甘い匂いより、温泉のこういう匂いの方がいい、そう言おうと思ったが、ハルナは早速、首筋に香水をつけてしまった。そして鏡越しに俺を見、

「手紙、読んでくれた？」

そう言った。

「手紙？」

「そう、机の上に置いといたのに」

肘《ひじ》をついて机を見ると、なるほど一枚の紙が置いてある。手に取らずとも分かる。そこにはふにゃふにゃと曲がった女の字で『温泉に入ってきます』と、書いてある。

「気付かなかった」

俺がそう言っても、ハルナは髪を梳《と》かすのに必死で、聞いていない。

「お風呂、すっごい気持ち良かったよ。ナツなんてさ、突然潜りだしちゃってさ」

顔に白い粉をはたきながら、ハルナは、ずっと喋《しゃべ》っている。ぺたりと尻をつけ、足の裏をこちらに向けている。淡いピンクの、柔らかな場所しか歩いたことのないような足だ。

「飯ってどこで食うの？」

腹が減った。朝から何も食べていないのだ。飯などいらない、と思っていたが、一度目が醒《さ》めると、猛烈な空腹感で、吐きそうになった。

「言ったじゃん、向こうの部屋で、みんなで食べんのよ」

「何時から？」

「六時から、もうあと二十分くらいだよ」

「そうか」

自分の声が、思いのほか落胆しているように聞こえた。

窓の外を見ると、すっかり黒が落ちてきていた。月は出ていないのだろうか。とっぷりと黒いそこに、俺とハルナが映っている。髪を梳かすハルナと、青黒い顔をして、阿呆《あほう》のように煙草《たばこ》を吸っている俺。俺たちは、どんな風に見えるのだろう。ハルナはすぐに腕を絡ませてくるが、俺らは恋人同士か、それに類するものには、決して見えないだろう。

何故か分からないが、それは確信としていつも、俺の中にある。

こいつは俺のことを好いていないし、俺も、そうだ。


夕食の席で、アキオがべらべらと、よく喋った。

ビールを一口しか飲んでいないのに、もう酔っているみたいだ。ナツは何も話さない。時々グラスを口に運んで、あとは、ぼうっとしている。ハルナが何かを話しかけると、ああ、とか、うう、とか、曖昧《あいまい》な返事をしてくるだけである。

初めて会ったときも、こうだった。ハルナほどよく喋る女を初めて見たが、ナツほど喋らない女も初めてだった。

不機嫌にさえ見えるナツのことを、アキオはよく気にかけていた。そんなとき、ナツは感謝をこめた目でアキオを見るが、次の瞬間には、またうわのそらで、ぼうっとしている。

腹が減っていたが、こう大量の皿を並べられると、食う気も失《う》せる。少し酔った。ビールが入ると、脳みそがいくぶん、しゃんとする。そして、人の顔をしっかりと見ることが出来るようになる。夜と昼が逆転した俺の、一日の始まりだ。

俺が働いている店はクソみたいに小さく、汚いバーだ。繁華街のはずれにあり、朝までの時間を持て余したオカマや、ヤクザに蹴《け》られたホストや、化粧のはげた醜い水商売の女などがたむろする。店先にはほとんど毎日ゲロがまかれ、小便の匂いが漂っている。もう慣れたとはいえ、出勤するときは、己の境遇に、毎度嫌気がさす。

しかし鍵《かぎ》を開け、店長が出勤してくるまでにビールを飲む時間が、俺は好きだ。薄暗い灯りの中でそれは、べっこう飴《あめ》のような甘えた、鈍い光を発する。一本飲み干すと、ぼんやりしていた店内の輪郭がくっきりとし、俺はやっと、腰をあげてテーブルを拭《ふ》くことが出来る。

もう、二十年も続いている店だ。

「トウヤマ、先に露天風呂に入ろう。な」

アキオが、何度もそう言ってくる。露天だろうが、家の風呂だろうが、俺はどこでも構わない。面倒臭いので適当に返事をしていると、ナツがアキオにつっかかっていった。

「アキ、猿みたいだよ」

ナツは食事が始まったときから、どことなくイライラしていた。喋らないのはいつもの通りだが、その沈黙の奥に、触れればはじけそうな、ちくちくと不安定な何かを抱えていた。あの店で働いていれば、そんな女ばかり来る。さっきまで上機嫌で喋っていたと思ったら急に泣き出すのも、こういう手合いだ。

ナツは線も細く、ぎすぎすとしていて、女らしいところがないが、時折見せる滲《にじ》んだ目は、何かを孕《はら》んでいて、下半身に訴えかけてくるものがある。それはハルナのような、「無防備に見せかけた武装」のようなものを、ナツが微塵《みじん》も持っていないからだ。ナツは、黙っているときは黙っているだけであるし、話すときは、話すことだけに集中している。そしてイライラしていれば、それを隠すことなく表す。行動の一切に無駄というか、「無駄」という定義をされやすい装飾がなく、便利な言葉で言えば「自然体」なのだが、それを意識している様子もない。

時折見せるぶしつけさや不遜《ふそん》さが、無防備から零れ落ちたものであるように見え、その稚拙なところが、征服欲に似たものをかき立てる。アキオのように「守ってやりたい」と思うのではなく、「もっとイライラさせてやりたい」「困った顔を見たい」と、思うのだ。

アキオは、それに気付いているのだろうか。

「やだ、ナツ、どうしちゃったのよぉ？」

ハルナが必死で、ふたりをとりなしている。脚のない虫がのたくったような話し方や、上目遣いにふたりを見るところなど、まさしく「とりなしている」「気を遣ってちゃらけている」という感じだ。

あいつはよく俺に、「あたし馬鹿《ばか》だから」「わかんない」というような意味のことを言ってくる。俺の眼をじっと見たり、困った顔をしてみせたり、そこには「自分を守って欲しい」「自分は弱いのだ」という訴えがある。自分の容姿にかまけ、すぐに男の家に住み込み、男がいないと生きていけない類《たぐい》の女であると、ハルナは定義づけられるだろうが、俺は、そうは思わない。こいつはしたたかで、計算高く、生きる術《すべ》を知っている。強い。

ハルナのセックスは「欲望の結果」ではなく、「自分が女であることを認めて欲しい」という声高な請求」だ。セックスは性交ではなく、自意識の駆け引きなのだ。

「もうビールないのか」

ハルナは、俺に命令されると喜ぶ。しかし、この急な言い様には、少し嫌な顔をした。しかしまた、いつもの困った顔に戻り、どこを見ているか分からない目で、「取って来るね」と言い、そそくさと部屋を出て行った。

「アキ、ごめんね」

ハルナが出て行くと、ナツはすぐに、アキオにあやまった。拍子抜けするほどの、素直さだった。どこかで、ハルナを牽制《けんせい》しているところが、あったのか。アキオは、ナツの謝罪に気を良くしたのか、ふざけてナツの皿から料理をつまんだ。

ナツは、ハルナが戻ってきた途端、また黙った。やはり、牽制なのか。しかし、何のための牽制か分からない。それを確かめたくて、俺はハルナに、新しい煙草も持って来いと言った。ハルナは今度こそ不満の声を漏らしたが、俺が黙っていると、しぶしぶ立ち上がった。

ナツは俺の方を見て、珍しくビールをついできた。感謝している、そう言いたげでもあったが、どろりとしたその目からは、真意はうかがえなかった。ハルナを牽制していると思ったが、ただナツは、面倒くさかっただけなのかもしれない。ほとんど白痴のような女だ。男がいないと生きていけない女というのは、本当は、ナツのような人間のことを言うのだろう。

アキオは、そんなナツを見て、何故《なぜ》かニヤニヤ笑っていた。

「何笑ってんだよ」

俺がそう言うと、ハッとしたような顔をしたが、

「夜中になったら、誰もいないかな、露天風呂《ろてんぶろ》って」

と、お門違いなことを言った。アキオの顔は、酒で真っ赤だ。この部屋は、照明が明るすぎる。酒で酔った男の顔を、はっきりと見たくない。

ハルナは、なかなか戻って来なかった。

もしかしたら、ポケットに入っている煙草を取るのに、ついでに携帯を見ているのかもしれない。でも、どうでも良かった。

戻ってきたハルナは、俺の手元の煙草を見、

「まだ入ってるじゃん」

と言った。

「不安になんだよ」

俺がそう言うと、ハルナは途端に優しい顔になり、俺の頭を撫《な》でた。

「不安なのね」

ナツが不思議そうな顔で、俺たちを見た。黒い髪が、涙のように、ナツの頰に張り付いている。

俺は、思い出す。

黒い髪が、汗で濡《ぬ》れて、頰に一筋、張り付いていた。走ってきたのだろう。一寸の隙《すき》もない、芸術的にまとめられた髪が乱れるのを、そのとき初めて見た。幼い俺にとって、それは不吉なことであった。と同時に、感動的なことでもあった。

夏だ。

真上から照りつける太陽、土地には珍しい猛暑の中、ほとんど肌が露《あらわ》になった服を着た集落の女たちは、川に足をつけ、商店で涼み、それでもまだ、流れる汗を抑えられなかった。そんな中、白の紗《しゃ》の着物を着、足袋まで穿《は》いていた祖母が、日傘を差して歩いて行く様は、透明な川にひらりと白い魚が影を落とすような、ハッとする涼やかさがあった。女たちは祖母を敬い、それは早くに夫に先立たれ、残された、寛永《かんえい》から続く酒蔵を、夫がいたときよりもよほど立派なものにしている祖母の才覚へのものもあったが、多くはこの、年老いてなお衰えない、白魚のような圧倒的な美しさへのものがほとんどだった。特に、薄暗い酒蔵に出入りする祖母は、海中できらりと光る鱗《うろこ》や、蜘蛛《くも》の巣で光る朝露のような、艶《なまめ》かしい生命力があり、男たちが祖母をまともに見ることが出来ないことは、幼いながら、俺にも理解できるところがあった。

本家の長男だった俺に、祖母は厳しかった。

学校の帰り、同級生たちに誘われ、断ることも出来ず、売店でアイスを買った俺をどこかで見つけた祖母は、俺の手を竹の棒で、思い切り叩《たた》いた。真っ青な、得体の知れない色が体に悪いということだったが、甘い匂《にお》いの残る、べたついた手に浮かぶ、しばらく残るほどの赤い腫《は》れ跡を見て、俺はこっそり泣いたものだった。その癖祖母は、近隣に住む、ひとつ上の従兄弟《いとこ》には大変に甘く、優しく声をかけたり、新しいノートや文房具をこまめに与えてやったりしていた。俺は祖母に嫌われているのだ、ということを、思わずにはいられなかった。

祖母が、乱れた髪を見せる日までは。

部屋に戻ると、ハルナがすぐに窓を開けた。寒いと言うと、だって煙草くさいんだもん、と口を尖《とが》らす。

「それにほら、すぐ、温泉入れるでしょう？」

俺はやっと浴衣《ゆかた》に着替え、もたもたと準備をするハルナを待った。窓を開けると、川の音をより近くに感じる。呑気《のんき》な音だと思っていたが、こうやっていると、川がイライラと腹を立てているようにも聞こえる。そして、その苛立《いらだ》ちの原因が分からないものだから、それを探すために、急いで下流へ移動をしている。あがいた、ヒステリーの女みたいな、川の音。

　さっきのナツみたいだ。

　アキオが、俺たちを呼ぶ声がした。風呂なんて、ぞろぞろ揃《そろ》って行かなくてもいいのに、皆、必要以上に一緒にいたがる。待って待ってと騒ぐハルナを無視し、外に出た。廊下で、ナツとアキオは手をつないで立っていた。並んでいると、背がほとんど同じだ。肩に揃いのタオルをかけて、ふたりでにやにや笑っている。

「気色悪ぃな」

　そう言うとまたふたり、顔を見合わせて笑った。さっきまでの不穏な空気を、忘れてしまったようだ。それどころか、ナツはとろんと、気持ちの良さそうな、幸福な目をしている。酔っている人間や、吸っている人間の、底のない眼だ。

「ごめんごめん。友達からメール来ててさ、返信してたの」

　遅れて出てきたハルナがそう言って、また俺に、自分の腕を絡《から》めてきた。鍵を俺に渡し、頭をべたりと、腕に押し付ける。改めて、ハルナがこんなに小さかったかと、少し驚いた。こいつは、こんなに小さくて、細かったか。

「友達にさ、ずっと髪の毛切るかどうしようか、て相談されてたの。私は絶対長い方がいい、て言ったんだけどさ、忠告も聞かずに切っちゃった。写メール送ってきたんだけど、似合ってないんだよね、やっぱり」

煙草を忘れたことに気づいた。俺が舌打ちをすると、ハルナが一瞬体を離したが、そうじゃない、という風に俺が引き寄せると、また安心したように、くっついてきた。

「あたしも髪切ろうかと思ってたんだけどさ、それ見たら、やっぱりやめよう、て思って」

「切ったらいいじゃんか」

「どうして？」

ハルナの目は色素が薄い。そう思っていたらカラーコンタクトを入れていると、いつか言っていた。薄茶色の、嘘《うそ》の目でじっと見られると、たまに何を考えているのか分からないときがある。今もそうだ。俺の目をじっと覗《のぞ》き込んでいるはずのその目は、何を映しているのか分からない。

「どうして、て。別に切りたかったら切ったらいいじゃねぇかよ」

「そうお？　変になっても、好きでいてくれる？」

お前のことを好きだったことは一度もない。そう思った。でも俺の目には、さっきの、とても小さい、消えてしまいそうだと思ったハルナが映って、それで、言った。

「いるよ」

ハルナはきゃあ、と歓声を上げた。その目はやはり空虚な目で、俺はハルナが本当に喜んでいるのか、俺を喜ばすために、演技しているのか、分からなかった。

露天に行こうと言い続けたアキオをしかとして、俺は内風呂に向かった。その方が近かったからだ。結局アキオも、俺について来た。

内風呂には誰もいなかった。

やった、アキオがそう言って嬉《うれ》しそうに浴衣を脱ぐ。

広い風呂だ。かけ湯もせず飛び込むと、冷えた体に熱い湯が染《し》み込んでいった。ビールの残った体が、じわじわと体温を増す。うう、とかああ、とか思わず唸《うな》ると、アキオが分かるよ、というように、うなずいてきた。

大きな窓から庭園が見える。この風呂は、おかしな造りになっている。湯船がそのままガラス越しに庭園の池に面しており、湯船よりも、池の水面の方が高い。時々錦鯉《にしきごい》の影がゆらりと動く。赤や白や、黒。面白くてじっと見ていると、鯉と一緒に風呂に入ってるみたいな、妙な気分になる。

「露天が川沿いだったら、最高なんだけど」

アキオがそう言いながら、女みたいにタオルで体を隠し、風呂に入る。入るとき、胸元にちらりと傷が見えた。線路みたいな、大げさな傷だった。

アキオは、赤い顔をしている。血のめぐりがいいのか、色が白いからか、張り手なんかしてやると、きっとしばらく跡が消えないだろう。女みたいな、きめの細かい肌。

「アキオ」

「ん？」

「お前それ、手術の跡か？」

「そうだよ、小学生のとき」

「ふうん」

俺は窓の際《きわ》まで移動して、もっと近くで錦鯉を見ることにした。じゃぶじゃぶと湯の中を歩くと、しぶきが顔にかかるのか、アキオが、

「トウヤマ」

と、何かを請《こ》うような声を出した。

大きな鯉が、ガラスにへばりつくように漂っている。白地に赤と黒の模様。近くで見ると、鱗がグロテスクで気色が悪い。じっと待っていると、重なるように黒い鯉が

身を寄せてきた。この近くに、エサの藻でもあるのだろうか。思いついて立ち上がると、ちょうど俺の腰のあたりで鯉が泳ぐ形になった。しばらくすると、金色の鯉もやってきた。ぬるぬると体をすり合わせながら、三匹の鯉は、その場を離れなかった。

「俺の金玉、食おうとしてるみたいだ」

そう言って振り返ると、アキオはもう一度、

「トウヤマ」

と言った。構わず体を窓に押し付けると、ひんやりと冷たく、身震いした。アキオは、湯で顔をばしゃばしゃ洗った。酔いを醒《さ》ましているようにも見えた。

「冷てぇ」

そう言った俺に、返事をしない。

体を洗おうと湯船を出た。適当な洗い場のシャワーを確かめもせずにひねると、冷たい水が勢いよく出てきた。

「うわ!」

体中鳥肌が立った。アキオがヒステリックに笑いながら、

「ごめんごめん、それ冷たくしたの、僕だ」

と言った。心臓が、止まるかと思った。火照《ほて》った体に、冷たい水が痛い。慌《あわ》てて湯

温を上げると、またじわじわと、体が温まっていくのが分かる。

「なんで冷たくするんだよ」

「最後に、冷たいのをかけるのが気持ちいいんだ」

なんだよそれ、と、言ったつもりだったが、シャワーで口を洗いながら言ったので、アキオには届かなかったようだ。手近にある石鹸《せっけん》を泡立て、髪になすりつける。三日ほど洗っていなかったからか、泡立ちが悪い。ごしごしやっていると、手に数本毛がからまった。二度、三度洗う度に、頭が軽くなる気がする。随分さっぱりした気分で、ついでにあごひげを洗った。髪よりも厄介だ。手にまとわりつくそれを強引に洗って、タオルで体をごしごしとこする。もう一度石鹸を泡立て、顔を洗った。シャワーを顔に当て、しばらくそのままにしておく。飽きたところで顔を離すと、鏡にアキオが映った。

「おい、なんだよ」

俺の、すぐ後ろに立っている。

「え?」

「驚かすなよ」

アキオは目を丸くし、自分でも驚いたという風に、俺の隣に腰掛けた。腰に巻いたタオルがへばりつき、アキオの白い肌を、うっすらと浮かび上がらせる。

さっき体洗ったんだろ、そう言おうと思ったら、歯ブラシに歯磨き粉を搾《しぼ》り出した。

「なんだよ、もう歯磨くのか」

「うん」

「もう酒飲まねぇの？」

「うん、僕弱いからさ。トウヤマと違って」

「ふうん」

ミントの匂いが風呂場に漂う。硫黄と混じって、奇妙な具合いになった。

「酒飲んでさ、ものすごく酔っ払えたらいいなと思うんだ」

歯を磨きながら、アキオは呂律《ろれつ》の回らない、ガキみたいな話し方をする。

「でも、駄目なんだ。いい気分になる前に、頭がぐらぐらして。一度でいいから酔っ払って無茶したいなぁって思う。死ぬ前に、一度だけ」

「なんだよ大げさだな。死ぬ前って、死ぬ気だったら酒に酔うくらいすぐ出来るだろ。ぐらぐらしてきても、放って飲むんだ。なら酔えるよ」

「そうかな」

「俺の店に来る客、そんな奴《やつ》ばかりだよ」

「死ぬ気だったら、酒に酔うくらい、すぐに出来るものなのかな」

「は？」

アキオは、丁寧に丁寧に、歯を磨いている。時々ぺっと吐き出す泡には、糸のような血が交じっている。それを見ていると、ふと、さっきの傷のことを聞きたくなった。何の傷か、というようなことではない。手術のとき、血が大量に出たか、その血を見てお前はどう思ったか、そういうことを。

「酔うのがいいとこってさ、なんていうか、許されちゃうだろ」

「ああ？」

「何してもさ、あんときは酔ってました。覚えてません、て。そんな風に言えちゃうだろ。酔ってたから、酒でふらふらだから。そんな風に？」

アキオはどうして、酒の話にこだわるのだろう。そういうつまらない話の答えを、真剣に、俺に聞いてくるのは何故《なぜ》だ。俺は、傷の話をしたい。お前の胸を縦断している、そのでかい傷のことを聞きたい。

「そればかりの言い訳じゃ、逃げられねぇときもあんよ」

「そうかな。酔ってましたって言えば、たいていのことは、許される気がするよ」

磨き終わったかと思うと、もう一度チューブを搾り出した。ふん、ふんと、鼻息が荒い。ずいぶんと苦労して、残りの歯磨き粉を搾り出すと、また口の中に突っ込む。

「酔ってました、て言えばさ」

　それとも、こいつは他に、何か言いたいことがあるのか。

　酔ったらなんでも許されるとか、一度でいいから酔ってみたいとか、そんなつまらないことをダラダラ言っているが、実はそれ以外に、俺に伝えたいことがあるのか。

　俺が傷のことを聞きたくてうずうずしているように、こいつも何か、思うところがあって、こうやって、遠回りをしているのか。

　血が滲《にじ》んだ泡は、なかなか流れていかない。シャワーを止め、俺はしばらく、狂ったように歯を磨くアキオを見つめた。

　そしてまた、煙草《たばこ》が吸いたくなった。

　一度思うと、肺がそれを欲して、もう我慢が出来なくなった。傷のことも、血のことも、アキオが本当に言いたいことも、どうでもよくなった。

　俺は立ち上がって、小さい声で、出る、と言った。何か言うか、悲しい顔でもするかと思ったが、アキオは歯磨きをやめず、俺のことを、止めもしなかった。

　ただ、扉を開けた俺にもう一度、

「夜中は、露天に入ろう？」

　と言った。気色悪ぃ奴だ、そう思った。

部屋に戻ると、俺たちの部屋から、男が出てきた。驚いたが、法被《はっぴ》のようなものを着ているので、宿の人間だろうと、見当をつけた。案の定、男は、

「はあ、お布団《ふとん》、敷いておきましたんで」

と、言った。どことなく、後ろめたいような言い方だった。それとも、この男自体が、そういう存在なのかもしれない。青黒い顔と奥まった小さな目、背中を丸めるようにして歩いていく様子は、世間から身を隠したがっている男のように見える。

実家の酒蔵にも、ひとりいた。陰気な男で、仲間うちでも評判が悪かったが、祖母だけは、わけ隔てなく接していた。そんな祖母を、男が時々暗い目で、じっと見ているのが、俺は嫌だった。

ハルナは、まだ戻っていなかった。部屋の隅に、口を開けたままボストンバッグが放り出してある。こうやって見ていると、革の化けものが叫んでいるみたいに見える。

ふと思いついて、中をあさってみた。ブランドものの財布が、無造作に放り込んである。中を調べると、万札が四枚ほど入っていた。そして、たくさんのカード。消費者金融のものを探そうと、一枚一枚確認していった。百貨店のポイントカード、レンタルビデオ屋の会員証、エステの優待券。次々出てくる意味のないカードに、俺はイ

ライラした。

そのとき、ぶー、ぶーっと、音が鳴った。

俺は思わず、あ、と、声を出した。音のした方を見ると、部屋の隅へ寄せられた机の上で、俺の携帯が、ぶるぶると震えている。

財布をバッグの中に放り込んだ。バッグがどんな風に置いてあったか、そう考えていたら分からなくなったので、マフラーを適当に上にかけた。

そのとき、ふと、思った。

携帯は、コートのポケットに、入れておいたはずだ。机の上に、出してなどいない。

ハルナが見たのだ。

舌打ちをしながらそれを手に取った途端、震えがぴたりとやんだ。予感がしてそれを開くと、俺は、もっとでかい舌打ちをした。

あの女だった。

時計を見たら、九時を少し回ったところだ。こんな時間にかけて来ることは珍しい。そもそも、俺に電話をかけてくること自体、滅多にないことだ。

かけ直そうかどうしようか迷っていたら、手の中で、また震えだした。すぐに出るのがしゃくだった。十数えよう、そう思った。十数えて、それまでに切れたら、それっきり、あの女のことは忘れよう。店も辞め、金輪際、あの女と関わるのは、よそう。せっかく温泉で温まったのに、体がぞくぞくした。風邪を引いたみたいに、頭がぼうっとする。三、四、五。心臓の音と、カウントが重なる。それが気色悪く、結局、七を待たずに、俺は電話に出た。

「もしもし」

ざあ、ざあ、と、波のような音がする。ずいぶんと、電波が悪い。

「……もし？」

声が震えてるように聞こえる。携帯を放し液晶を見ると、こちらはきっちり、三本立っていた。

「もしもし？」

「……し？　いま……」

くそ、聞こえない。イライラして耳を強く押し付けると、ツー、ツー、という、無機質な音が響いた。馬鹿《ばか》にされているような気がした。

煙草に火をつけ、大きく吸った。一度吸っただけでそれを消し、また新しい煙草に火をつける。ライターの火が、なかなかつかない。二、三度そんなことをしていると、部屋の扉を開ける音がした。そして部屋中にまた、あの、甘ったるい匂《にお》いが漂ってきた。

「あー、気持ちよかった」

同時に、電話が鳴った。一瞬頭がぐらりとしたが、逆にタイミングを得て、俺は電話を取った。ハルナが、俺を見ている。

俺の携帯を見たのだ。

「もしもし?」

「もしも……?」

さっきよりはまだ、はっきり聞こえる。それでも、ざあざあと砂塵《さじん》のような音が、耳につく。ハルナは俺を見つめながら、後ろ手に扉を閉めた。すっかり化粧を落としたその顔は、小さな子供みたいに、あどけない。

「何ですか」

「何ですか、て何よ。声聞……なってかけたのに」

完璧《かんぺき》に酔っている。こんな早い時間から酔うのは珍しい。俺はあいつの、だらしなく開いた胸元と、耳の下までしかない、乾いた髪を思い出した。

「酔ってるんですか」

「酔ってるんですか。だって。あははー」

ハルナはバッグのそばにしゃがみ、荷物の整理を始めた。濡《ぬ》れた髪の間から、ちらちらとうなじが見える。さっき風呂場で見たアキオの太腿《ふともも》の方が女らしかったと、俺は、馬鹿みたいなことを考えた。

「今、ろこにいると思う？」

完璧に呂律の回らない話し方は、いつも明け方に見せるものだった。

「知りませんよ」

ざあ、ざあ、と砂が暴れまわる音がする。携帯に押し付けるから、耳が変な形に、ぐにゃりと曲がる。

「温泉」

どきりとした。

「え？」

今日俺が温泉に来ることを、この女は知らないはずだった。そもそもここ数週間、俺の前に姿を現していない。

「温泉に、来てんのよ」

くくく、と、かみ殺した笑いが聞こえる。

出来すぎた偶然か、それともこの女の嘘《うそ》か。腹が立った俺は、強い声で言った。

「切りますよ」

ハルナが、ぴくりと肩を震わせた。そして財布を開け、何かを確かめている。俺があさったことがバレたのか。それでもハルナは、取り乱した様子もなく、小銭を数枚出して、浴衣《ゆかた》の袖《そで》に放り込んだ。チャリン、と綺麗《きれい》な音がした。

「あのね、あんたのすぐちか……」

そこまで聞いて、俺は電話を切った。

心臓が、うるさかった。

嫌な汗をかいた。それを浴衣で拭《ぬぐ》ったとき、ハルナが立ち上がった。

「お茶買ってくるぅ」

止めることもなかった。俺は携帯を持ったまま、返事をしなかった。ハルナはひらひらと手を振り、部屋を出て行った。起きたばかりのような、顔をしていた。

ひとりになると、俺は部屋の中を、うろうろとみっともなく、歩き回った。

「酔うと、なんでも許されちゃうとこ、あるだろう？」

何故か、アキオがさっき言ったことが、耳に残っている。

くそ、腹が立つ。どうして電話をかけてきやがる。どうして。

嫌になって、机の傍に腰を下ろしたが、下ろした途端落ち着かず、また立ち上がった。

俺がここに来ているのを、あいつは知っている。

そう思った。そんなわけないことは分かっているのに、一度そう思うと、それは確信のようになった。

煙草を吸って落ち着こうと、灰皿を引き寄せると、灰皿から焦《こ》げ臭《くさ》い、嫌な匂いがした。肉を焼いているような匂いだった。

イライラして冷蔵庫を開けても、ビールが入っていない。考えないでおこうと思っても、俺の頭には、あいつの顔が思い浮かぶ。

「温泉」

だらしない口元、夜の中だけでしか生きていけない、匂い。焦点の定まらない細い目と、節くれだった指。時々泣いてるみたいな声で笑い、むさぼるように煙草を吸う。俺のことをじっと見て、すぐに馬鹿にしたように、目を逸《そ》らす。

足の間が、熱くなった。

さっき俺に群がっていた、汚らしい鯉《こい》の顔を思い出した。口をぱくぱくと開け、目をかっと見開いていた、あの鯉の顔を思い出した。

「あたしたち、場末のホストとババァの風俗嬢だと、思われてるかもねぇ？」

まだ夜が明ける前、一度だけ、一緒に歩いたことがある。

時々、ウインドウに映る俺たちを見て、周りはどんな風に思うだろうかと考えていた。そんな俺の気持ちを見透かしたように、あいつは出し抜けに、そう言ったのだ。

酔っ払って足元がおぼつかないものだから、俺が腕を取ると、そのまますりと絡《から》みつけてきやがった。こんなババァ、そんな風に思って、思ったのに、体が熱かった。年の離れた、ただのババァ！　なのに、驚くほど、恋しかった。そして、殺したいくらい、憎かった。

マ

ヤ

ウ

ト

俺は変態じゃねぇのか。

真っ赤に塗った唇で、何かを飲み干すみたいに煙草を吸っている、あいつの姿を見てると、やはりこのまま朝が来なければいいと、そう思った。

帰ってきたハルナは、何も持っていなかった。俺の姿を見ると、ハルナは待ちきれなかったように、俺の膝《ひざ》に乗って、抱きついてきた。髪の毛からまた、あの甘い匂いがしたが、今度はそれを嫌だとは思わなかった。とても女らしい、いい匂いだと、思った。

「……た？」

ハルナが耳元で、何か言った。唇が近すぎて聞こえなかったし、聞く気もなかった。

「……ちゃった？」

ハルナの声は、さっき湯船で、俺に声をかけたアキオの声にそっくりだった。何かを請《こ》うような、気色の悪い声に、そっくりだった。

「トウヤマ君」

そのとき、また携帯が鳴った。

「トウヤマ君」

もしかしたら、あいつは俺のことを、好いているのではないか。

それは、願望ではなかった。予感でもないし、ましてや確信でもなかった。ただ、ぶるぶる震えている携帯を見ていると、そう思った。どろどろに酔って、携帯を耳に当てているあいつの姿は、俺の胸をつかんで離さなかった。

あいつは俺のことを、めちゃくちゃに恋しがっている。

俺に、死んでほしくないと、思っている。

「あたし、ナツのこと嫌い」

ハルナがそう言った。何を言っているのか、分からなかった。俺は、ハルナの髪を乱暴に撫《な》で、こちらを向かせた。俺を見るハルナの目は、やはり嘘で、茶色い瞳《ひとみ》の奥に、光はなかった。鯉みたいだ、そう言ったら、また、足の間が熱くなった。俺は胸の中いっぱいに、ハルナの匂いを嗅《か》いだ。

携帯は、いつまでも、いつまでも鳴っている。

「ナツのこと、嫌いなの」

ぶー、ぶー、と、嫌な音を立て、それは、机の上を動いている。嫌らしい、小さな生きもののように、いつまでも動いている。

「トウヤマ君は？」

甘い匂い。俺はその香りにむせそうになりながら、煙草《たばこ》に手を伸ばした。伸ばしたその手をハルナが押さえるから、振り払った。それでもまた、押さえてくるので、腹が立ち、膝から突き飛ばした。

「ねえ、トウヤマ君は？」

浴衣をはだけたまま、ハルナは、いつまでも聞いてくる。煙草を吸うと、気持ちが少し落ち着いた。誰かを殺すように、携帯の電源を切り、それで、ハルナに向き直った。

「あんな女、別に、どっちでもいい」

ハルナが笑った気がした。

「良かった」

そう言った。それは、ハルナの声ではなかった。祖母の声だった。

「良かった」

暑い日だ。あの年の夏は、おかしかった。だらしのない、ぬかるんだ暑い空気が、皆の頭を、少しおかしくした。

男がいた。

彼は戯《たわむ》れに、雀《すずめ》をボーガンで撃とうとした。暑かったからだ。家には冷房設備がなく、それを買う金も、一緒に暮らす女もなかった。男は、イライラしていた。

男が撃ったボーガンの矢は、俺の従兄弟《いとこ》に刺さった。従兄弟は、祖母にもらった小遣いを俺に見せびらかしながら、アイスをおごってやろうと、俺を従えて、歩いていたところだった。俺は少し後ろを歩いており、従兄弟のうなじに、玉のような汗が浮かんでいるのを見た。そして一瞬の後、それは赤い血に変わり、ぐらりと傾いた従兄弟の頭は、溶け落ちたアイスのように、地面に落ちた。一瞬の出来事だった。

群がる人だかりの中に、知った顔が何人かあった。誰も、俺に構ってはくれなかった。男の異常なやり方に、皆興奮していた。そして同時に、男の狂気を共有した集落の空気に、陶酔していた。

遅れてやってきた母親が、俺を抱きしめた。ガタガタと震え、決して従兄弟の死体を、見ようとしなかった。母親の汗の匂いが、不快だった。そのとき、人垣を掻《か》き分け、祖母が走ってくるのが見えた。怒られる。俺は咄嗟《とっさ》にそう思い、体を固くした。祖母は、母親を突き飛ばすようにして、俺の体を奪った。

「良かった」

祖母の頬に、涙のように、一筋の髪の毛が張り付いていた。それは酒蔵で見る祖母や、廊下を歩く祖母の威厳からは、程遠かった。少しはだけた着物の裾《すそ》から、人間の骨のように白い、祖母の脚が見えた。祖母は俺を潰《つぶ》れるほど抱き、青いシートをかけられた、従兄弟をはっきりと見た。そして、言った。

「良かった、あんたじゃなくて」

誰にも聞こえなかった。はずだ。祖母が俺に呟《つぶや》いたその言葉は、俺の体を熱くした。

愛されていた。

俺は愛されていたのだと、痛烈に思った。従兄弟に言ってやりたかった。脳みそをぐちゃぐちゃにされ、シートをかけられた従兄弟に、言ってやりたかった。お前ではない。俺だ。祖母に選ばれていたのは、俺だったのだ。

それは、俺が初めて体験した、快感であった。それが後に、性的な高揚に似たものであったと、分かった。

事件は、大々的なニュースとして、取り上げられた。小さな集落は報道陣で溢《あふ》れ、俺の家の周りにも、インタビューを求める人々が、群れをなした。俺は、精神的なショックを受けているだろうという理由で、学校から特別の許可をもらい、ほぼ一ヶ月の間、一歩も外へ出なかった。皆が慮《おもんぱか》るように、ショックでふせっていたわけではない。むしろ俺は、幸福だった。あの事件があってから、祖母が異常な愛情でもって、俺に接するようになった。俺が望むことは何でも叶《かな》えてくれ、夜は、俺を腕に抱きしめて眠った。化粧油を塗った祖母の体は柔らかく、はだけた胸元から見える白い首筋は、汗で光っていた。

一ヶ月後、学校に復帰した俺の学力は格段に落ち、腫《は》れ物《もの》のように扱う教師たちの態度は、自然に子供たちへと浸透していった。俺は夢のような一ヶ月が、もう終わったのだということを知り、知った後は、それを皆に知られることを、異様に恐れた。

「良かった、あんたじゃなくて」

そう、祖母が言った言葉。祖母の白い首筋。俺の口の中に入ってくる、砂糖のついた、甘い祖母の指。それを、皆に知られてはいけないと思った。その気持ちは拡大していき、俺はいつの間にか、皆に笑われている、という恐怖に取り付かれるようになった。財産を持っている俺の家のことを、才覚と美貌《びぼう》を兼ね備えた祖母に溺愛《できあい》されていることを、そしてそんな祖母を、痛いほどに求めている俺を、皆が笑っているような気がした。

十六で家を出るまで、その感情は消えなかった。そして東京に来ても、結局その思いは変わらなかった。周りの皆が、俺を笑っていると思った。俺の隣に、祖母の影を見ていると思った。

三年前、祖母が死んだという知らせを受けたとき、俺は、家に帰らなかった。

帰らなかった。

扉をノックする音が聞こえた。そして、アキオの声も。

「ハルナ、ナツがまだ帰ってこないんだ」

ハルナは俺の腕の中にすっぽりと納まっている。裸の肩に、ハートの刺青《いれずみ》がある。それをなぞって、俺は煙草を吸っている。

「ハルナ、頼むよ、ナツを見に行ってくれない？」

アキオの声は、ずいぶんと遠くから聞こえる。ハルナは動かない。

煙草を吸い終わった俺が、裸のまま扉を開けた。アキオは驚いた顔をし、そして、おどおどと落ち着かない目で、ちらりと、俺の下半身を見た。

「トウヤマ、ナツが出てこないんだ。心配でさ。ハルナに見てきてほしいんだ」

「だってよ、ハルナ。見てきてやれよ」

ハルナは布団《ふとん》の中で、何かぶつぶつと言った。

改めてアキオに向き直ると、また、顔が赤くなっていた。

「酒飲んだのか」

「一本だけ」

髪をしばったハルナが出てきた。面倒くさそうに、ちょっと行ってくる、そう言って歩いていった。

そのとき、俺はいつか、ハルナに捨てられるだろうと、思った。俺のことなど、取るに足らないもののように、吸い終わった煙草のように、簡単に捨ててしまうのだろう。

アキオがハルナに、ごめんなと声をかけた。

「アキオ」

「ん？」

「夜中、露天入ろうぜ」

目茶苦茶に、祖母が恋しかった。

「アキオに、話したいことがあんだよ」

アキオは、赤い顔をしている。目を丸くして首を傾《かし》げたその様子は、滑稽《こっけい》だった。本当に、猿みたいだった。話すことなんて、何もなかったはずだった。

でも俺は、アキオに何もかも話そうと思っていた。何のことか分からない、でもアキオに、全《すべ》てを知ってもらいたい、そういう気持ちだった。

「分かったよ」

アキオはそう言って笑い、自分の部屋に帰っていった。

一人で布団に寝転び、また煙草を吸った。携帯を手に取ってみたが、電源は入れなかった。

目をつむった。つむったその先は真っ黒で、ああこの色、そう思って、俺は安心した。そしていつまでも、目をつむっていた。

ニャア、と、猫の鳴く声が聞こえる。夜はいつまでも黒い。

○○○

発見したのは、あたしです。はい。ここの、雑用はなんでもしますから。布団《ふとん》も敷くし、掃除もするし、専門的なことは分かりませんがね、庭の木も見る。その日も、鯉《こい》があんまりばちゃばちゃ騒ぐもんだから、鳥かなんかが、また庭の木に止まって、鯉を狙《ねら》ってんじゃないかと思いまして、ええ、それで、見に行ったんです。

あたしがこの宿で世話んなって、もう、二十八年になります。それまでは東京でコピー機の部品作る仕事してたんですが、四十過ぎて、体を悪くして、半年ほど入院して戻ったら、もう仕事がない、て、はあ、今でいうリストラされたわけです。ここが故郷だったわけじゃ、ありません。色々、事情がありまして。

優秀だったわけじゃないかもしれませんが、会社のために、一生懸命勤めて、体壊したのだって、酒もやらない、マージャンのやり方さえ分からないあたしですから、仕事で根詰めた結果のようなもんなのに、もう用無しってなもんで、あっさりクビ切られて、何もかも、嫌んなったんです。子供はいなかったんですが、女房には逃げられるし、やけくそで、それこそ、死んでやろうって、いつの間にか、ここに来てました。こんなこと言うのもなんですがね、この宿は、そういう人を惹《ひ》きつけるもんが、あると思うんです。あたしが来たときはね、まだここいらも、ちょっとした温泉地だったんです。大きなホテルが建ってたし、界隈《かいわい》のスナックや飲み屋なんかも、浴衣《ゆかた》着た人で、溢《あふ》れてた。でもね、この宿だけは、そんな狂騒から、少し距離がある感じがしましたね。バス停からいっとう遠いってのも、理由ではあるんでしょうが、ここの二代目っていう人が、風流な人で、自分たちの宿の部屋から、温泉地の看板やら馬鹿《ばか》騒ぎしてる人間を見たくないって理由で、周りの土地を買い取って、竹やら木を植えたそうなんです。ええ。お陰で一歩敷地に入ると、そりゃ静かでね、建物も古いし、庭園も立派なもんだったし、昼間でも、どことなく薄暗い。部屋にこもって、川の流れんのを、じいっと見てると、そんな気ない人だって、なんとなく、人の世の儚《はかな》さ、ていうんですか、虚《むな》しさみたいなもんを、考えてしまうような、そんな雰囲気は、あるんです。値段も張りますしね、金なんか全部使ってしまって、最後に、綺麗《きれい》なもん見て死にたい、て人には、うってつけの場所なんじゃ、ないですかね。そんなこと言うと、不謹慎でしょうかね。

あたしは因果なもんでね、最後にぱーっと使ってやろう、なんて泊まった宿をね、気に入っちまったんです。死のう死のうなんて思っときながら、この世への未練たらたらだったわけです。お恥ずかしい。それこそ、藁《わら》にもすがるような気持ちで、雇ってもらえませんか、て、言いましたよ。三代目の、ご婦人でしたね。綺麗な女将《おかみ》です。優しい人でね、どこの馬の骨かもしれないあたしを、雇ってくださった、ええ、有難かったですよ。そんな時代だったんです。今じゃ、考えられないことです。

なのにね、結局、その女将さんがね、自殺しちゃったんです。帳場でクビくって。経営が行き詰まってた、なんて人は言うんです。確かにそうだった。温泉ブームなんてものが去って、調子に乗ってたホテルやら宿やら軒並みつぶれて、それでもここは立派にやってたんですがね。ある意味ゴーストタウンみたいになっちまった温泉街っていうのはね、わけありの人しか寄り付きませんよ。

今の女将もね、悪口は言いたくないが、ここを買い取った東京の会社、その社長の愛人か何かじゃないかって、思ってるんですよ。雇っていただいている身で、何も言えませんがね。結局ここは、地元の人間ってのが、ひとりも働いてない、おかしな宿になってるんです。仲居連中だって、地元の人間がいないんですから。それぞれ事情があって来てるからね、まあ、よく働くことは働くんですよ。あとがないんでしょうね。

三代目の女将さんは、そりゃ素敵な人でしたよ。どうして死んじまったんでしょうねぇ。死にたがってたあたしが言うのも、おかしな話ですがね、死ぬくらいに勇気があるんなら、もうちょっと、他に何か出来たんじゃないかって、思ってるんです。綺麗な、いい人でしたから。

あたしが知ってるだけでも、自殺は四人目です。不思議なことに、みんな、女なんですね。別に自殺の名所が近くにあるってわけじゃあるまいし、死ぬんなら、川に飛び込んで死んだら良さそうなものを、皆揃《そろ》って、宿の中でやる。さっき言った女将は帳場で首でしょう、もうひとりは若い女で、部屋の風呂《ふろ》で手首をすぱっとね、三人目は四十過ぎた人妻で、クスリ飲んだんです。今回と同じですよ。でも、今回の人みたいに、池に浮かんでた、なんてこと、ありませんでしたけどね。

いや、まったく、不謹慎ですけどね、大きな錦鯉《にしきごい》に囲まれて、白い肌さらして、池に浮かんでる様っていうのが、一幅の絵のようでした。綺麗な人だったんでしょうよ、年がいくつか分からない、不思議な感じの顔つきでしたよ。こう、裾《すそ》がひらひらと揺れてね、池の緑が反射して、周りを赤や黄色や白の、大きな鯉に囲まれてね。生きていたときより、数倍、綺麗に見えたんじゃないですかね。死んじまってるっていうのに、顔はどこかうっすら桃色をしてたね、ふわと広がった様子が、ああそう、まるで、牡丹《ぼたん》の花のようでした。

あれは、全く、すごい光景でしたよ。

最初はね、咄嗟《とっさ》に、男が思い浮かんだんですよ。ええ、宿泊客でね、ひとり、目つきの怪しいのがいたんです。布団を敷きに行った部屋、ちらりと灰皿見たら、溢れちまうくらい吸殻が捨ててあってね、あれは尋常な量じゃないですよ。心にやましいことのある人間が、気持ち落ち着かせるために吸う、そんな感じでした。部屋を出たら、その男とばったり出くわした。目の周りが隈《くま》でびっちり縁取られてて、ひょろひょろに細くて、猫背でね、あたしが挨拶《あいさつ》しても、眼も見やしない。お客さんのこと、そんな風に見ちゃあいかんと思うんですがね、あの男の目は、まったく、嫌なもんだった。女の人と一緒に来てたみたいですがね、その女の人は、見てないんです。だから事件のことを知ったとき、ああ、あいつ、やっちまったって、思いましたね。

他に変わったことと言えば、そうですね。ああ、猫だ。猫がいた。いや、猫なんて珍しくもなんともないんですがね。たまに、この庭に猫が来ることはあるんですが、今の女将が猫嫌いでね、追っ払ってくれ、て言うもんだから、箒《ほうき》持っておっかけたり、おどかしたりして、寄せ付けないようにはしてたんですがね、何せあいつら、ひらりと塀に登れるもんだから、どこかからやって来るんですよ。よく来てたのが、キジトラと、白にあんこ塗ったような、ブチですね。今の女将は猫嫌いですがね、あたしが世話んなった人が、猫にも優しくてね、その二匹にも、たまに煮干かなんかをやってたもんだから、なついちまって。庭に小便もしないし、鯉を狙ったりなんかもしないから、あたしも隠れてこっそり、夕飯の残りをやったりしてたんです。もう、五年ほど通ってくるから、鳴き声も覚えてます。

だから、あの日、聞きなれない猫の鳴き声がするぞ、て、思ったんです。ニャア、てね、そりゃ猫は皆、ニャアって鳴くんだろうが、キジトラとあんこは違うんですね、ナーゴ、とか、ミーア、て鳴くんです。だから、ニャア、てね、まったく甘えるみたいに、ちゃんとした猫の声が聞こえたもんだから、あれ、て思ったんです。それとね、その猫、姿が見えなかったんです。ええ、どこ探しても、姿を現さない。その癖、声だけははっきりと聞こえるんです。その声っていうのも、はっきりはしてるんだけど、いまいちどこから聞こえてくるかが、分からない。庭の給水塔の辺りのような気もするし、近づいてみたら、違う、納屋《なや》のほうの気もする。もしかすると、露天の方かも知れないぞ、なんてね。探し回ったから、覚えてるんですよ。変わったことといえば、そのくらいのことですね。

しかし、ホトケさんの身元、分からないんですか。ああ、なんか事情があった人なんでしょうねぇ。かわいそうに。あれだけ綺麗な人だったら、幸せな人生も、あったでしょうにねぇ。

女というのは、一歩間違うと、どうなるか、分かったもんじゃないんすね。男には計り知れないなにかが、あるんでしょうかね。

ハルナ

温泉に行こうと言ったのはあたしだけど、こんな遠くまで来ようなんて、言ったおぼえはない。

アキオが車を出すと言っていたのに、捕まって免停になった、なんて言う。トウヤマ君は免許を持っていないし、そもそも車を買うお金も、免許を取るお金も、この旅行に来るお金さえも、なかった。だから、トウヤマ君の分はあたしが出した。いつものことだ。

バスの中で、トウヤマ君は眠ってしまった。今朝仕事が終わって、ちっとも寝ないで来たから、目元にはくっきりと、隈《くま》が出来ている。ナツやアキオはそれを心配したけど、トウヤマ君は、いつもそう。眠りが浅いのか、単純に眠れないのか、夜中に何度も起きて、煙草《たばこ》を吸う。朝起きると、枕《まくら》もとの灰皿には、一口吸っただけの煙草や、フィルターぎりぎりまで吸った煙草が、山のように溢《あふ》れている。あたしが少しでも物音を立てると、すぐに起きる。ごめんね、と言うと、ぼんやりした目であたしを見て、また、苦しそうに目をつむる。悪い夢を見るの？　そう聞いても、答えてくれたことは、ない。

トウヤマ君にもたれて、あたしも眠ろうとした。でも、アキオがときどき「うわあ」とか、歓声を上げているものだから、なかなか眠れなかった。ちらりと見ると、ナツも目をつむっているから、アキオは、誰もいないこのバスの中で、景色を独り占めしているわけだ。体ごと窓にへばりついて、まるで、ヤモリみたい。

トウヤマ君からは、つうんと、今朝の煙草のにおいがする。こっそり吸わせてもらったことがあったけど、強いから、頭がくらくらした。店に来る、どんな客も吸わない、強い煙草。

一度、

「あたしと煙草、どっちがなくなったら困る？」

と聞いたら、ちっとも、本当にちっとも迷わず、「煙草」と答えた。そのときも、そういえばトウヤマ君は、苦しそうに目をつむっていた。あたしは悔しくて、頬をぶったのに、トウヤマ君は目を開けてくれなかった。

耳たぶに唇をつけても、トウヤマ君は起きない。時折ガクン、と揺れるバスの座席に体を埋めるようにして、考え事をしているみたいにも見える。

「煙草のほうが、大事なのね？」

耳元で、そう言った。トウヤマ君は起きなかったけど、アキオと目が合った。あたしはすぐに逸《そ》らし、対向車が来て止まってしまったバスが、動き出すのを待った。


温泉に行くのだから、新しいバッグを買った。

ベージュのラム革、十万を超えていたということだけで、いくらしたかは覚えていない。あと、寒くなるといけないと思って、カシミアの、薄いオレンジ色をしたショールも。予想以上に高かったけど、カシミアはウールと違って、手に取ったとき、くたりとだらしないのがいい。色違いで緑があったけど、店の女の子が、あたしにはオレンジが似合うと言うから、それにした。それを巻いて外を歩いている自分をショウウインドウで見てみたら、黒い髪と似合わなかったから、髪も明るく染めた。オカマみたいな美容師が、ミルクティーブラウンだと言っていた。海草のトリートメントもしたから、三万ほどかかった。

初めてトウヤマ君に会った夜、作ってもらったカクテルが、ミルクティーみたいな味をしていた。その日は、バイト先で、あたしへの指名が多かった。客同士で、ちょっとした喧嘩《けんか》のようなことにもなった。何度かアフターに連れて行ってもらって、面倒くさいものだから、そのままホテルまで行ってしまった客が何人かいて、それを目当てに指名してくるのだ。金が入るからいいけど、他の女の子に気を遣うし、あたしみたいな普通の子に指名が多いと、枕営業をしていると、バレてしまう。

色んなことに疲れていたから、その日は、馬鹿《ばか》みたいに、甘いものを欲していた。チョコケーキみたいなとろとろに甘いものが理想だったけど、出来るなら、酔いたかった。

「ちょっとかっこいい子がいんのよ」

ロッカールームで、店の子が、そう言っていた。

「とんでもなく、汚い店なんだけどね。影のある感じが、そそる。やりたくなる」

それを聞いたから、トウヤマ君の店に行ったのではない。上品な甘さではなくって、安っぽくて、無責任に体を毒してくれそうな、甘いお酒が欲しかったから、その店に入った。そこは、女の子が言ってた以上に汚くて、トウヤマ君は、女の子が言ってた以上に、恰好《かっこう》が良かった。

「甘いのをください」

そう言うと、トウヤマ君は、

「紅茶は好きですか」

と聞いてきた。好きだと答えると、少し安心したように目を伏せて、それから、そのカクテルを出してくれた。それが美味《おい》しくて、あたしは三杯もお代わりした。名前はなんですか、そう聞くと、トウヤマ君は知らないと言って、その日初めて笑った。

あたしが聞いたのは、トウヤマ君の名前だったから、あたしはそんな風に言われて、トウヤマ君のことを、好きになった。

「適当だから、俺」

そう言って新しいグラスを拭《ふ》く彼の指に、青い絵の具のようなものがついていたのも、気に入った。薄暗いライトに照らされた青はきらきらと綺麗《きれい》で、あたしは随分と、酔ってしまった。

店が終わるのを待って、そのままトウヤマ君の部屋へ行った。トウヤマ君は、とても面倒臭そうに、あたしとセックスをした。

それから、バイトをうんと減らして、あたしは、トウヤマ君から離れなくなった。

バスを降りると、びゅうっと強い風が吹いて、ショールが飛ばされそうになった。あ、と声を出したけど、このショールがなくなってしまえば、新しいものを買える、と思った。

あたしはもう、この柔らかなオレンジ色に、飽きている。

アキオが早速、川を覗《のぞ》き込んでいる。ナツの首を抱え込んで、時々何か言っているけど、風上にいるあたしたちまでは届かない。山肌の緑が、とても綺麗だ。あたしはそれを見ながら、やっぱり緑のショールを買えば良かったと、思っている。トウヤマ君は、ベンチに座っていても、お布団《ふとん》の中で眠っているような顔をしている。

歩き出すと、トウヤマ君がバッグを持ってくれたから、嬉《うれ》しかった。重い、何が入ってるんだなんてぶつぶつ言ってるけど、あたしは妙にはしゃいでしまった。時々、ナツがあたしたちを振り返って、笑いかけてきた。トウヤマ君は煙草に火をつけて、ナツの笑顔に気づかないふりをしてる。ナツの肩には、真っ黒の髪がさらさらと揺れている。それを見ていると、髪を染めたのは、ショールのせいだけでは、ないような気がして来た。

「何か忘れてたら、ハルナ、貸してよ」

そんな風なことを言って、ナツはこっちを見ている。「いつもそうじゃん」と軽口を叩《たた》いて、あたしは絶対に、髪を黒く戻さないことを、誓っている。

部屋は、さっぱりとしてて、綺麗だった。宿の外観が古めかしいから、ぎくりとしたけど、あたしたちの泊まる部屋は新館の方だった。アキオとナツは、しきりに旧館がいい、この古い感じが好きだ、なんて言っていたけど、トイレの付いていない部屋は嫌だ。鏡が曇ってるのも、お水しか出ない洗面台も、古びた畳も、嫌。

トウヤマ君は、今にも倒れこんでしまいそうだ。アキオが部屋のことを話し合おうとしたけど、あたしもトウヤマ君も、どちらでもいいと言った。どうせ部屋にいても眠るだけなんだし、と、トウヤマ君は言って、あたしはトウヤマ君といられれば、それで良かった。

畳にどさりと寝転んで、トウヤマ君はすぐに、寝息を立て始めた。いつもなら、少しの気配や物音で起きるのに、「風邪ひくよ」と声をかけても、「ねえ」と強く揺すっても、起きない。よほど疲れているのだろう。仕方なく、バスタオルを持って来た。肩にかけるとき、髪の毛を見つけた。パーカーの後ろに、すうと一本、針みたいな、黒い髪の毛。あたしはトウヤマ君の頭を撫《な》でて、起きないのを確認してから、それを、光に透かしてみた。炭に浸したみたいな、艶《つや》のない、真っ黒の髪だ。どこでついたのだろう。そしてどうして、さっきのバスの中で、気づかなかったのだろう。

窓越しに、アキオの声が聞こえる。

「東京に、川なんてないよ」

また川を見ているのかと思うと、呆《あき》れる。部屋のすぐそばに煙突が立ってるから、あたしたちは、アキオとナツほど、はっきりと川を見下ろすことは出来ない。でもそんなこと、ちっともかまわなかった。あたしは鏡の曇りと、トイレのスリッパと、洗面台のお湯をチェックする。すべてに満足がいってから、温泉に行く準備を始めた。この後ご飯があるから、お化粧は落とさないでおこう。歯ブラシと、ヘアクリップ、下着とバスタオル。旅館のバスタオルは、べたべたしていそうで、嫌い。

思い出して浴衣《ゆかた》を見てみると、白地に青で旅館の名前が書いてある、味気ないものだった。今年の夏買った、あの薄紫の浴衣は素敵だったのに。帯も散々探して、紫に合う淡いオレンジにした。あたしはがっかりしながら服を脱いだ。鏡に自分の裸を映してみる。また少し、太った気がする。おっぱいがつんと上を向いているのはいいけど、乳首がもっとピンク色だったらいいのに。色素を抜く手術は、ないものか。お腹《なか》の肉をつまむと、にゅう、と存在感がある。帰ったらまた、痩身《そうしん》へ行かなくては。

『温泉に入ってきます』

紙にそう書いて、机の上に置いた。出るとき思い出して、灰皿に捨てていたさっきの髪の毛を、紙の上に置いておいた。トウヤマ君は、気付くだろうか。

すぐに温泉に行こう、なんて言っておいて、アキオもナツも、なかなか部屋から出てこなかった。イライラして何度も扉をたたいたけど、「待って」なんて、曖昧《あいまい》な返事をするだけだから、腹が立った。どんな大げさな準備をしてるんだろうと思っていたら、出てきたふたりは、タオルを手に持っていただけだった。

「トウヤマは？」

あたしは部屋を指差して、

「寝てる」

と、答えた。

「もったいない」

ナツは、心からそう思っている、という風にそう言った。

「いいじゃん、二十四時間、入れるんだし」

あたしがそう言うと、アキオがそれに同調した。

「そうだよ、夜中だったら誰もいないよ」

ナツは首をかしげたまま、歩き出した。

露天風呂《ろてんぶろ》に向かう通路は、とても寒かった。話をすると、息がぼうっと白くなる。もう冬がすぐそこまで来てるのに、下駄《げた》の音を聞いていると、夏に買った可愛《かわい》い下駄を思い出して、嬉しくなった。ナツは、うわの空だ。ちっとも話を聞いてないんだろうと思ったけど、それでも話し続けた。そうしないと、なんだか気がおかしくなりそうだった。

初詣《はつもうで》用に着物を買うのもいいかもしれない。振袖《ふりそで》じゃなくて、訪問着。浴衣を買ったアンティークの着物屋さんは可愛かったし、あそこなら、いい着物が置いてあるだろう。矢模様の渋いやつを買おう。髪の毛をきりりと結い上げて、ああ、それだったら、やっぱり髪の毛は黒のほうがいいのか。嫌だ。髪が明るい色でも似合う、着物を買わなくては。バッグは、がま口の大きめのやつを。ファーのショールはださくて嫌だから、それにあった上着も買おう。足袋は白でいい。明治神宮は人が多いから嫌、家の近所に神社があったような気がする。調べておかなくては。

トウヤマ君は一緒に行ってくれるだろうか。年末年始も、仕事かもしれない。そしてそもそもトウヤマ君は、暦なんて、ちっとも気にしていないみたいに見える。

脱衣場に下駄が一足脱いであった。ナツはそれを見て大げさなため息をついたけど、あたしはちっとも構わなかった。かえって、ナツとふたりきりだとどうしようと思っていたから、ホッとした。

ナツは何を考えているか、あまりよく分からない。今も裸で椅子《いす》に座って、ぼうっと何かを見ている。タオルで体を隠そうともしない。胸が極端に小さい。乳首は、大きめのピンク色、角ばった肩、丸みのない腰で、棒のように伸びたまっすぐな足が、男の子みたいだ。結びきれなかった髪の毛が、数束肩に垂れている。さっきトウヤマ君のパーカーについていた、一本の髪を思い出した。松の葉っぱみたいにまっすぐなそれは、ちょうど、ナツの髪の毛みたいに、太くて黒かったような気がする。トウヤマ君はもう、起きただろうか。手紙の上に置いてある髪の毛に、気づくだろうか。

お湯が少し熱すぎる。じゃぶじゃぶ入っていくナツを驚異の目でもって眺めて、あたしはそろりそろりとかけ湯をした。冷たい皮膚に、お湯がじんじん染《し》みる。散々体を慣らして、やっと腰を下ろした途端、先に浸《つ》かっていたおばさんが出て行った。ラフランスみたいなお尻《しり》が、あたしたちの目の前をぶうらぶうら通る様子は、とても醜かった。温泉に何度か行ったことがあるけど、引き締まった体をした女の人を、見たことがない。毎日三十分ほどお尻のマッサージをしているけど、いつかあたしもああなってしまうのかと思うと、ぞっとする。あんな風になっても、トウヤマ君があたしのお尻に触ってくれると思えない。いつかみたいに乱暴に、太ももを開いてくれるなんて、思えない。女は、若いときが命だ。

年を取ると、女としての価値なんて、なくなる。

あたしの、母親がそうだった。

もう、ずいぶん会っていない。強烈に覚えているのは、偶然通りかかった、工場の裏の光景だ。母親はパートの休憩中、工場の制服を着ていた。薄汚れた白に、細かな青のストライプ。髪の毛を全部丸い帽子の中に入れ込んで、顎《あご》にマスクをかけている。こぼれた髪の毛が数本こめかみに垂れていて、頰には、茶色いしみ。目尻がだらしなく下がり、煙草《たばこ》を吸おうとすぼめた唇は、かさかさと、乾いていた。パートの仲間と時々大きな笑い声を上げ、そのたびにたるんだ顎が揺れた。あたしに気づいて、大きく手を振ってきたけど、あたしは知らない振りをして、そのまま歩いた。

ハルナ、どうしたのぉ、そんな風に大声を出すものだから、あたしは腹が立って、歩くのをやめ、全力で走った。そして駅に着いたら、いつもより、うんとスカートを短くした。高校生のときだ。安物のローファーだったから、靴底が剝《は》がれて、走ると、ぼこぼことうるさかった。駅のトイレで煙草を吸った。口をすぼめていると、さっきの母親みたいだと思って、あわてて火を消した。ローファーで踏みつけると、それは、じゅうっと音を立てた。

しばらくじゃばじゃばやっていると、ナツが急に、湯船に潜った。岩にお湯をかけ始めたり、やっぱり、何を考えているのか分からない。ナツ、と呼んでも、聞こえないのか、一向に出てこない。あんまり長い間そうしてるから、不安になって覗き込むと、目を大きく開けて、空を見ている。

「ナツ？」

湯船の中で白い肌が、ますます青白く光っている。ゆらゆらと揺れる髪の毛は、いつもの傲慢《ごうまん》な硬さを見せないで、頼りなく、広がっている。

「あんた、死体みたいよ」

そう言ったけど、ナツに聞こえないことは、分かっていた。

「ニャア」

そのとき、猫の鳴き声が聞こえた。どきりとした。見回しても姿が見えなくて、気味が悪かった。

「ニャア」

死体みたいなナツを、このままここに置いていきたい。トウヤマ君のパーカーについていた髪は、ナツのものだ。きっと。

食事は、古い旅館にありがちなものだった。山なのに刺身を出したり、蟹《かに》の甲羅に入った冷たいグラタンがあったり。トウヤマ君とナツはお酒ばかり飲むから、料理のことなんてちっとも構わないみたいだし、アキオは味音痴だから、手当たりしだい食べている。あたしはいくつかの器を適当に突ついて、後は、ウーロン茶を飲んでいた。

「夜中の露天て、きっと最高だよ」

アキオがさっきから、そんなことばかり言う。あたしに何度も、露天風呂の様子はどんなだったか聞いてきた。いいお湯だったと言うと、そんなんじゃない、どんな風《ふ》情《ぜい》だったか聞きたいんだと、面倒くさいことを言う。

ナツに聞きなよと言うと、アキオは口を少し歪《ゆが》めた。

「ナツは、何も教えてくれないんだ」

変な言い方だけど、その一言は、ナツのことをとてもよく表しているように思える。ナツは、出会った頃から、頭の悪い女の子みたいに、ぼうっとしていることが多かった。あたしが話しかけても上の空だし、時々、うっとりと口を開いていることなんかがあって、そんなときは、見ていてゾクリとする。とても尋常な人間のする表情だとは、思えない。

　よくあんな変な女と一緒にいるな、とアキオに感心する。そう思っていたら、ナツがまた、訳の分からないことを言い出した。

「アキ、猿みたいだよ」

　きちんと聞こえなかったけど、たぶんそんな風なことだった。アキオはそう言われて、顔を真っ赤にして、怒った。今にもナツのことを殴りそうな感じだった。あたしは思わず噴き出して、事件が大きくなることを切実に願ったけど、トウヤマ君が不快そうな顔をするものだから、しぶしぶふたりを止めた。謝んなよ、と言っても、ナツは謝らなかった。ただ睨《にら》むようにアキオを見て、何も言わない。

「もうビールないのか」

　トウヤマ君が、ぼつりとそう言ったことで、ふたりとも少し、我に返ったみたいだった。トウヤマ君の声は、真夜中の風の音みたいだ。低くうねって、あたしを、はっとさせる。何か不吉な予感がして心臓がどきどきいうけど、トウヤマ君は何も教えてくれないから、あたしは耳を澄ますことになる。今日こそ、何か分かるのじゃないか。でもトウヤマ君はやっぱり、何も教えてくれなくて、あたしはあきらめて、トウヤマ君の薄くて、肌色に限りなく近い唇を、じっと見ることになる。

「取って来るね」

あたしがそう言っても、トウヤマ君は何も言わない。声が聞きたい、そう思うけど、トウヤマ君は机を指でこつ、こつ、と叩いているだけだ。時々上目遣いで、苛立《いらだ》たしげに、アキオとナツを見てる。

部屋に戻って冷蔵庫を開けた。きっとすぐ飲んでしまうだろうから、持てるだけのビールを持った。電気を消すと、机の上で、ちかちかと赤く点滅するものがある。何だろうと、もう一度電気を点《つ》けると、それはあたしの携帯電話だった。メールがきた合図だ。電話の近くに、あたしが置いていったメモがある。

『温泉に入ってきます』

そして、一本の髪の毛。あたしは点滅する携帯をしばらく見つめて、電気を消した。

扉を開ける前から、ナツの笑い声が聞こえた。そして、アキオが何か言う声も。あたしは身を硬くして、一度、大きく深呼吸した。腕に抱え込んだビールが、とても冷たい。浴衣がしっとりと濡《ぬ》れている。

「全部、持ってきたよー」

そう言いながらふすまを開けると、ナツが笑いながらこちらを見た。トウヤマ君が矢継ぎ早に吸う煙草のせいで、部屋の空気が、少し淀《よど》んで見える。赤い顔のアキオは、やっぱり煙たさに目を細めている、猿に見える。

「ハルナ、煙草も」

「えー」

そう抗議の声を挙げたけど、この部屋にいたくなかった。

電気を点けて、クロゼットから、トウヤマ君のコートを取り出す。右のポケットに、新しい煙草が入っているのを知っている。二箱出して、机の前に座った。

白い紙の上にある髪の毛を指でつまんだ。光にかざして、じっと見てみる。匂《にお》いを嗅《か》ぐことはしなかったけど、何かの気配が漂ってくるのは分かる。灰皿の横に、旅館のマッチが放ってあった。それに手を伸ばして、一本擦った。ぼう、と音がして、青白い煙があがった。リンが燃える匂いがする。

しばらく炎を見つめてから、さっきの髪の毛にそれをつけた。じじ、と嫌な音がする。それはみるみるうちにちぢこまって、黒い燃えカスになった。焦《こ》げ臭《くさ》い油の匂いで、吐きそうになる。灰皿にそれを捨てて、あたしは立ち上がった。煙草とライターを握り締めて、そしてやっぱり、トウヤマ君の声は、夜中の風みたいだと、思っていた。

憂鬱《ゆううつ》な食事が終わって部屋に戻ると、髪の毛が焼けた匂いが、まだ残っていた。あたしは慌《あわ》てて、窓を開けに行った。開けた途端、びゅうっと冷たい風があたしの髪を持ち上げる。新鮮なそれを思い切り肺の中に入れて、振り返った。

「寒いだろ」

「だって、煙草くさいんだもん」

必死でそう言ったけど、トウヤマ君はさっさと浴衣《ゆかた》に着替え、タオルを取って、出て行こうとしている。

「待って、準備するから」

バッグから何やかや出していると、トウヤマ君は何か言って、部屋を出て行った。あたしは机の上で点滅を続けていた携帯を、開いた。

『おかねふりこみましたよ』

頭の奥が、ひやりとした。そしてそれは、じわじわと体まで降りてきた。窓を開けているのが悪いのかと、そちらを見るけど、きっとそうではなかった。

この間、二十万振り込んで、というメールを送った。それだけだった。

『元気?』も、『どうしてる?』もなし。それでも、いつもいつも、その通り振り込んでくる。どうやって工面しているのだろう。あの仕事で、それだけの金が、いつもまかなえるとは思えない。

冷たい水を浴びたように、体がきりきりと痛む。いつもそうだ。『ふりこみました』のメールを読むと、体中が痛む。頭と体が、離れそうになる。

震える手で『返信』のボタンを押す。『ありがとう』と打って、送信ボタンを押そうとしたとき、またメールが入った。大きくぶるっと震えた携帯を、あたしは驚いて落としてしまった。扉の向こうで、トウヤマ君の声が聞こえる。そして、ふふふと笑うナツの声も。お酒を一滴も飲んでいないのに、吐き気がした。携帯を手に取ると、それはじっとりと汗で濡れていた。

『ついしん。からだひやさぬよう』

それを読んで、『ありがとう』の文字を消した。

ぱたりと携帯を閉じて、バッグの奥深くにしまいこんだ。体と頭が自分のものであることを確認するのに、時間がかかった。出来ることなら、このままお布団《ふとん》に潜り込みたかった。そのまま眠って、目が覚めたら、オレンジ色のショールをどこかに捨ててしまいたかった。

廊下に出ると、双子みたいに肩を並べたアキオとナツが、笑ってあたしを見ていた。

ナツが、また露天に行くと言うから、あたしはひとり、内風呂《うちぶろ》に向かった。

誰もいなかった。あたしはシャワーを全開にして、まずお化粧を取った。顔を洗ってから鏡を見ると、ぼんやりした顔の自分と、目が合う。母親とは、似ても似つかない顔だ。ふたりで並んでいても、決して親子だとは、思われないだろう。煙草を吸うように、口をすぼめてみた。あの日工場の裏で見た、母親の唇と似ているかと思ったけど、つやつやと赤いあたしの唇は、水を弾いて、いつまでも光っている。

父親の顔はどんなだったんだろうと、急に思う。色は黒かったのだろうか、目は一重？　唇は？　鼻は？　でも、考えると、また頭の奥がひやりと冷たくなるから、持ってきたスポンジにボディシャンプーを搾《しぼ》り出し、体を洗った。力任せにするのは良くないと分かっているけど、それでも力が入った。

肩の刺青《いれずみ》を撫《な》でた。すぐに曇るから、シャワーをかけて、鏡越しにそれを見てみる。真っ黒に塗りつぶされたハートは、不恰好《ぶかっこう》な黒子《ほくろ》にも見える。一年前、ハートの真ん中には、「A」の文字があった。でも、トウヤマ君と出会って、それを塗りつぶしてもらった。機械が動く度じんじんと痛かったけど、新しい自分になれるのだと思うと、嬉《うれ》しかった。でも、出来上がったそれはちっとも素敵じゃなくて、すごくがっかりした。

気配がしたから、はっとして見渡すと、誰もいなかった。さっきの猫が、どこかにいるのか。確かに、声が聞こえた。甘ったるくて、意地悪な声だ。あおむけになっても横に流れていかないあたしのおっぱいを、じっと見ているのではないか。

「ニャア」

髪を洗うのをやめて、慌てて湯船に入った。ひとりになりたかったのに、ひとりが怖かった。嘘《うそ》だらけのあたしの体が、バラバラと崩れてしまいそうで、誰かに抱きしめてほしかった。それはトウヤマ君でも、アキオでもなかった。

そのとき視界を、何かが横切った。どきりとして目を凝らすと、窓越し、湯船より高い位置に、鯉《こい》が泳いでいた。気づかなかった。このお風呂は、池に面しているのだ。

「気持ち悪い」

鯉はぱくぱくと口を開けて、窓に体を擦《こす》り付けている。一緒に入ってるわけではないけど、その緑の藻やふわふわと浮かんだ白い何かが、湯船にまで入っているような気持ちになる。時々ぱちゃりと、鯉が跳ねる音がする。さっきの気配はこれだったのかと、馬鹿《ばか》らしい気持ちになった。猫などでは、なかったのだ。

やっぱり髪を洗おうと、乱暴に立ち上がったそのとき、女の人が入ってきた。三十過ぎか、四十手前か、ガリガリの、男の人みたいな体をしている。顔をはっきり見ることが出来ないけど、乾いたその雰囲気は、丸いところがちっともなくて、ナッと少し似ていた。

蛇口をひねると、お湯が勢いよく飛び出す。髪を濡らして、泡立てたシャンプーをつける。手に髪の毛が数本絡《から》まっている。それが綺麗《きれい》な茶色をしていることを確かめて、あたしは丁寧に丁寧に髪を洗う。ちらりと湯船を見ると、女の人が、窓のぎりぎりに座って、さっきの鯉を、じっと見ていた。こちらから見ると、鯉とキスしてるみたいだ。また気分が悪くなって、あたしはもっともっと丁寧に、髪を洗った。流れていった泡が、少し赤いような気がしたけど、それはあたしの目が、おかしな具合になっていただけだった。

扉を開けたのと同時に、トウヤマ君の携帯が鳴った。トウヤマ君は、イライラしてるみたいだ。あたしの目を見て、嫌な顔をする。あたしはそれを、見ないようにした。

「酔ってるんですか？」

トウヤマ君の声に、トゲがある。怒り出す直前の声だ。トウヤマ君は本気で怒ると、じっと黙ってしまう。あたしが何を言っても返事をしてくれないし、こちらを見もしない。そんなトウヤマ君を見ていると、心がしんと静かになる。その静かさは体積を増して、いつしかあたしの体を占領してしまう。身動きの取れないカエルみたいな気分になって、あたしは自分が醜く映ってやしないかと、泣きたくなる。

荷物の整理をしていると、財布が開いているのに気づいた。

トウヤマ君を見ると、さっきと同じ、イライラした表情で話し続けている。電波が悪いのか、「え？」と、何度も聞き返す。心臓が、キリキリと痛む。

免許証を、見られたかもしれない。

震える手で、カードを一枚一枚見てみる。一番下に押し込まれたそれに触れても、トウヤマ君が見たかどうかなど、分かるわけないのに、そうせずにいられない。

あたしの、本当の顔。

「ハルナぁ？」

あたしをそう呼ぶ、母親の姿が浮かぶ。おばあさんのように、ぺたりと地面に腰を下ろして、貪《むさぼ》るように煙草《たばこ》を吸っていた。時々笑い声を上げ、落ちてきた髪を、直そうともしなかった。

あたしはその人と、そっくり同じだ。

「切りますよ」

トウヤマ君の低い声が響く。財布から小銭を出して、とりあえず部屋を出ようと思った。もし見られていたら、普通でいられる自信がない。

「お茶買ってくる」

あたしはトウヤマ君の顔を見ないようにして、そのまま部屋を出た。心臓がうるさかった。せっかく温泉に入ったのに、体の芯《しん》が冷たい。トウヤマ君が綺麗な顔をしているから、殺したくなる。そして、電話の相手のことも、殺したくなる。

部屋を出た途端、小銭だけではなく、財布ごと持って来れば良かったと後悔した。でも、引き返すのがどうしても嫌だったので、そのまま歩いた。

廊下は静かだった。そして、しんと冷たかった。野菊、かえで、あやめ、部屋の名前をひとつひとつ声に出して読みあげながら、ぺたぺたとスリッパを鳴らして歩いた。ふと、この感じは何かに似てると思った。そしてすぐ、思い出した。

このスリッパの、床を引きずる感じ。それが高校のとき履いていた、ぼろぼろのローファーに似ているのだ。安物だったから、底がべろりとめくれた、あのローファーに。雨の日はじくじくと水が染《し》みてくるから、上靴に履き替えるとき、とてもみじめな気持ちになった。この先何があっても、安い靴だけは買うまいと思ったけど、夏に買った、随分と高いあの下駄も、いつか買ったバックスキンの六万したブーツも、ちっとも、履き心地が良くなかった。それらは、いつまでもあたしの足に馴染《なじ》むことはなく、くるぶしやかかとに残る違和感に、度々、イライラさせられた。

服もそうだ。つやつやと光沢のある絹も、ふわふわと柔らかいカシミアも、ひとりひとりの体に合わせて作ったという、オーダーメイドのジーンズも、あたしの体に馴染むことは、決してなかった。どんな高価なものを買っても、髪を染めても、目の色を変えても、そうなのだ。あたしは大きすぎる制服を着て、底のめくれたローファーを履いていたあのときの気持ちを、ついに拭《ぬぐ》うことは、出来なかった。

あたしの、嘘だらけの体。

「あんたが綺麗になりたいなら、お母さん協力する」

自分にそっくりな娘の劇的な改造に、母親は何百万も援助をした。金を渡すたび、彼女はどんどん醜くなり、あたしは、綺麗になっていった。

生まれてから、初めて食べる食物が母親の体であるという、蜘蛛《くも》の話を聞いたことがある。あたしは、それと同じだ。当然のように母親の体を食べ、どこまで貪っても、際限がない。

取り出し口に落ちてきたウーロン茶を、あたしは拾わなかった。とても疲れていた。大声で泣き出したくなったけど、それも出来ない。ただ、頭の奥が、じんじんと痛かった。

だから、あたしの背後に、アキオが立っていることに気付くのに、時間がかかった。

「何よ、びっくりすんじゃん」

あたしの声は、カラカラに嗄《か》れていた。

「ああ、ごめん。ビールを」

「え？」

「ビールを、買いに来た」

暗いロビー、自販機の光を浴びたアキオはぼうっと白くて、死体みたいだ。あたしは、さっき湯船に体を沈めていたナツを、思い出した。憎しみの対象が現れたことで、あたしは少しだけ、生気を取り戻した。今、目の前にいるアキオを、湯船から出てこなかったナツを、めちゃめちゃに傷つけたい気分だった。

「ナツは？」

「ん？　まだ、帰ってこないんだ」

「長くない？」

「長い。ハルナ、このウーロン茶、いらないの？」

「いらない」

アキオは、ウーロン茶とビールを取り出した。ナツ、死んでるのかもね。そう言おうと思ったけど、やめた。湯船の中で、ふわふわと揺れていたナツの髪。まっすぐ上を向いた目は、切れ長で、とても澄んでいた。

ナツみたいになりたい。

いつか自分がそう思ったことを、今、思い出した。

ぼんやりしていて、とらえどころがなくて、ぎすぎすしていたり、かと思えばとても油断している。そして何より、ナツはとても綺麗だった。女らしくないし、胸もぺたんこだし、お化粧だって下手だけど、でも、ナツは、とても綺麗だった。

「アキオ」

「ん？」

「あんたさぁ、ナツのどこが好きなの？」

アキオはぷしゅ、と缶ビールを開け、ごくごくと喉《のど》を鳴らして、それを飲んだ。そんなアキオは、初めて見た。

「どんなとこ？」

綺麗なとこ。それだけは、言わないでほしかった。

何もしなくても、あいつ綺麗なんだよ。それだけは、言わないでほしかった。

アキオがいつか、あたしよりナツを選んだ理由が、自然に作られるその美しさだったんだよと、それだけは、言わないでほしかった。

「分かんないよ」

アキオは急ぐようにビールを飲んだ。飲みきれなかったビールが顎《あご》を伝って、アキオをとても卑《いや》しい男に見せた。あたしは急に勇気を得た。卑しい、醜い男。そう思うと、とても力強い気持ちになった。アキオといるとき、度々沸き起こる感情だった。だからあたしは、さっき言わなかったことを、言った。

「ナツ、死んでるかもね」

アキオははっとした顔であたしを見て、それから、黙り込んでしまった。

「あんた、それを望んでたりして」

アキオの返事を待たず、あたしはまた、廊下を歩き出した。

もう、ローファーのことは思い出さないでいようと思った。あの、ぼこぼことうるさい靴音を、二度と思い出さないでいよう。あたしの嘘の心臓は、やっと、規則正しく鳴り始めた。

部屋に入る前に、大きくひとつ深呼吸をした。なんてことない風に振舞おうと思っていたのに、トウヤマ君の顔を見た途端、それが出来なくなった。

トウヤマ君は、いつもの顔で、そこに座っていた。今日、何十本目かの煙草を口にくわえて、さっきまでのイライラした様子は、微塵《みじん》もなかった。ぼんやり煙の行方《ゆくえ》を見ているその姿に、あたしはいてもたってもいられなくなった。

抱きついたあたしを、トウヤマ君は優しく撫でてくれた。

死にたい、と思った。そう思って、笑いをこらえるのが大変だった。さっきまで、心の底から殺したい、と思った男の人の膝《ひざ》の上で、あたしこそ死にたいと、思っているのだ。

「見た？」

小さな声で、そう言った。

「あたしの、ほんとの顔、見ちゃった？」

耳元で言ったのに、トウヤマ君は返事をしなかった。ただ、薄いその胸が、大きく上下してることだけが分かった。

「あたし、ナツのこと嫌い」

トウヤマ君は、返事をしなかった。あたしの髪に口をつけて、いつまでも、じっとしていた。

「ハルナぁ？」

こめかみから垂れた髪の毛。みすぼらしい姿。

トウヤマ君のパーカーについていた髪は、あの、針のように太い髪の毛は、あたしの母親のものだったのかもしれない。そう思うと、また、笑いをこらえるのに苦労した。

煙草の煙が、空気をどんどん汚してしまっていた。夜は、もうすっかりあたしたちを包んで、そこから出すまいとしていた。出るつもりなんて、あたしにはなかった。

「トウヤマ君は？」

そう聞くと、トウヤマ君はあたしを膝から突き飛ばした。何を気に入らないことがあったのだろうと、泣きそうになったけど、見上げたトウヤマ君の顔を見て、はっとした。

なんて綺麗な顔なのだろう。

夜の影に半分体を取られている、煙草を吸わないと生きていけないこの男は、なんて綺麗な顔をしているのだろうと、思った。

「あんな女、どうでもいい」

トウヤマ君がそう言った。あたしは「良かった」と言ったけど、本当は、どうでも良かった。あたしは、あまりにも綺麗なその顔にうっとりと見入って、うらやましさに、恋しさに、気が遠くなっていた。

そして遠のく意識の中で、この恋しさは、やっぱり、トウヤマ君を殺したいと思っている、あたしの切実な願いなのだと気付いた。

あたしたちは、半年ぶりに、セックスをした。

トウヤマ君の脇《わき》に、すっぽりと顔を収め、このまま眠ろうと思っていたそのとき、部屋をノックする音が聞こえた。

ナツかと思った。

でもそれは、アキオだった。裸のまま出て行ったトウヤマ君が、何か話している。聞こえなかったけど、帰ってこないナツのことだろうと思った。湯船に揺れている、ナツの姿が浮かんだ。まるであたしが、殺したみたいだ。

「ナツの様子、見てきてくれないか」

アキオが、心から心配そうに、あたしに話しかけた。

あたしは、そんなことより、さっきのセックスのことを考えていた。

初めて、電気を消さないでした。あたしの上で動いている、トウヤマ君の顔を、はっきりと見ることが出来た。不思議な気持ちだった。少し前まで、あれほど美しいと思っていた顔だ。でもそれは、ただの顔だった。目と鼻と口のついた、ただの人間の顔だった。前から気持ちよくなかったけど、今日は特に、気持ちいい演技をするのに、骨を折った。

トウヤマ君は、ただの人間なのだ。

露天風呂に続く道は、ひんやりとしていた。誰もいないと思ったけど、ナツのであろう下駄《げた》と、もう一足の下駄が脱いであった。さっきの女の人かな、と思った。鯉《こい》にキスをしていた、ガリガリにやせた、あの気味の悪い女。でも、覗《のぞ》き込んだ湯船には、ぼんやりと座ったナツの他に、誰もいなかった。

「ナツ？」

そう声をかけると、ナツは驚いたように体を震わせ、こちらを振り返った。耳の先まで真っ赤になっていた。あんたが猿みたいよ、そう言いたかったけど、やめた。二時間入っていたと告げると、少し動揺したみたいだ。ナツは、時間の感覚がなくなってきているのかもしれない。

フラフラと倒れそうなので、ナツを抱えるようにして歩いた。ぐたりとあたしに体を預けてくるけど、ナツの体は、驚くほど軽い。このまま抱えて、部屋まである階段を登ることが出来そうだ。ロビーの前を通ると、帳場から女の人が出てきた。あたしは何故《なぜ》か、咄嗟《とっさ》に顔を隠そうとした。

「大丈夫ですか」

女の人は、心配そうに、そう声をかけてきた。何を隠すことがあるのかと思いなおし、その女の人を見ると、こんなに遅い時間なのに、きちんと化粧をしていた。チェックインするときに見た、宿の女将《おかみ》さんだった。でも、女将さん、という言葉がまだ似合わないほど、その人は若く見えた。

髪の毛を結い上げているけど、頬骨がくっきりと出た細い顔は、ふわりと肩までウエーブさせたほうが、きっと似合う。水商売の出身だな、と、すぐに分かった。同じ職業同士、匂《にお》いみたいなもので分かるのだ。あたしは、そんなことが分かるほど、あの世界にどっぷり漬かっているのだ。

「大丈夫です、ちょっと、のぼせたみたいで」

「あら大変。お水、お持ちしましょうか」

ナツが、ぼんやりと女将さんを見た。その目に生気がないから、女将さんは、どきっとしたようだった。

「大丈夫です」

またうなだれてしまったナツの代わりに、そう答えた。この子が今必要としてるのは、水ではないだろう。

「でも……」

女将さんは、ナツから目を離さない。面倒くさくなって、あたしは、

「大丈夫ですから」

と、大きな声で言った。それが思ったより大きかったから、女将さんは、ナツから目を離し、あたしをじっと見た。こんな山奥なのに、アイラインまで引いている。きっちりと線を引いて塗られた口紅は、少しオレンジがかった赤。薄暗いところでこそ、映える色だ。この時間、この暗闇《くらやみ》でこそ、この人は生き生きと綺麗《きれい》に映る。なのに、この人を見る人は、ここには、誰もいないのだろう。

「綺麗ですね」

「え？」

「口紅」

あたしがそう言うと、女将さんは、はっとし、唇に指を当てた。悪いことを見つけられた人のようだった。

あたしはナツに「ほら」と声をかけ、女将さんにお休みも言わず、廊下を歩いた。女将さんはしばらくそこに立っているようだったけど、何も言わなかった。

部屋の前の廊下で、アキオが待っていた。ナツはぐたりとしたままアキオを見て、ああ、とかなんとか言った。

「ごめんな、ハルナ、ありがとう」

アキオはそう言って、ナツのことをじっと見つめた。ナツは口を半分だけ開けて、だらしなく笑った。時々、ヨダレのようなものを、垂らしている。多分、あたしのことが誰だか、今は分かっていないだろう。ナツの眼には、アキオしか映っていない。

「ナツ、もう、手離すからねぇ」

ナツを預けると、アキオがあたしを見た。

何か言いたげなその視線は、共犯者を見る目だった。あたしはうるさそうにその視線を払うと、部屋に戻った。

火をつけようと思ったのだろう、長い一本を指に挟んだまま、トウヤマ君は眠っていた。いつも枕《まくら》に顔を埋めるように眠るのに、今日は仰向けで、すやすやと子供が眠ってるみたいに、無邪気な寝顔を見せていた。

頭を撫《な》でると、固い毛がごわごわと動いた。しばらくそうやっていると、トウヤマ君が遠くなる気がした。撫でれば撫でるほど、それは実体を失って、あたしの手から、遠くに離れてしまう気がした。

トウヤマ君は、あたしの本当の姿を知らない。

そのことがあたしを安心させ、そして同時に、消えてしまいたいほどの寂しさをもたらす。あたしを見て。どうか見ないで。トウヤマ君は、静かな寝息を立てて眠っている。それは永遠に続くもののように思える。唇から漏れ出す、安らかな寝息。それをじっと見ていたら、さっきの女将さんを思い出した。誰にも見られない口紅を塗って立っていた、あの綺麗な女の人を思い出した。

ぺたりと立体感のない唇は、湯船の窓にちらりと見えた、錦鯉《にしきごい》の体のようだった。残像を残すばかりで実体のない、いやらしい色をした、あの魚のようだった。

トウヤマ君の携帯を開く。何度も同じ人から着信がある。苗字《みょうじ》だけ。男か女か分からない。暗い中、液晶に照らされていると、目がおかしくなる。コンタクトをしたままなのに気づいて、バッグの中を探った。ケースを取り出して、コンタクトを取る。取ると、目が軽くなる。毎日眼球にべたりと貼《は》りついたコンタクトは、黒目よりも大きく作ってあるから、あたしの瞳《ひとみ》を茶色く、潤《うる》んでいるように見せる。あたしの瞳の奥の何かを、それは上手に隠してくれる。

誰も、あたしの本当の姿を知らない。

ナツはもう、眠ってしまったのだろうか。それともアキオと、何かを話しているのだろうか。

急に、ナツと話がしたいと思った。何を話すのか、分からない。そもそも、ナツとあたしの共通の話題など、ない。でも、朝まで、ずうっと、くだらない女同士の話をしたいと思った。お互いの恋人の悪口を言ったり、軽口を叩《たた》いたり、新作のバッグの話をしたり、化粧のやり方を教えあったり。お店の子としているような、中身のない、スカスカと軽いスポンジのような話を、ナツとしたい。ナツになりたい。

誰も、あたしの本当の姿を知らない。

あたしの本当の目から、涙がこぼれた。

やっとやり方を知ったみたいに、それはあとからあとからこぼれて、あたしの浴衣《ゆかた》、旅館のださい浴衣を、しっとりと濡《ぬ》らした。

閉じ込められて、苦しかった。

免許証の中のあたしが、あたしをじっと見ている。吐き気がするくらい、あの人に似ている。

トウヤマ君に気づかれないようにして、あたしは、泣き続けた。

そして、またチカチカと点滅する携帯を、手に取った。時計を見ると、十二時を少し回ったところだった。まだ、起きていますように。祈るような気持ちで、ボタンを押した。

静かな部屋に、コールの音が響く。まるで世界にその音だけしかないみたいに、それはいつまでも部屋に響いた。トウヤマ君が寝返りを打ったけど、やっぱり起きなかった。

この旅行から帰ったら、この関係を、終わりにしよう。トウヤマ君にさよならを言って、後は一切、連絡を断とう。
一、二、三、四、と、数を数えた。十まで数えたとき、やっとその人が、電話に出た。
「もしもしぃ？」

あたしを、本当のあたしを、世界一幸せな女にしたいと思っている、その女の人が、電話に出た。

「おかあさん？」

垂れ下がった、目尻《めじり》。深く刻まれた皺《しわ》と、茶色く乾いた唇。煙草《たばこ》を吸おうと、卑《いや》しくすぼめた頬と、笑ったときに見える、銀色の歯。ちぎれたローファーの底と、てらてらと擦り切れた制服、馬鹿《ばか》みたいに広かった空と、工場の煙突。

「ハルナぁ？」

涙は勢いを増して、あたしの頬を濡らす。ここにいるじゃないかと思う。本当のあたしは、ここにいるじゃないか。

「ハルナぁ？」

あたしは返す言葉を捜して、いつまでもそこに座り込んでいる。

夜にすっぽりと包まれた体で、動けずにいる。そして今は、早く朝が来ればいいのに。そう思っている。

事件を知ったとき、真っ先に思ったのが、ああ、あの人が来てくれる、ということでした。

○○○

組合の人や、昔から働いている従業員に良く思われていないのは、分かっていたけれど、咄嗟《とっさ》に思いついたその気持ちでもって、私は笑ってしまうくらい、女将《おかみ》になれる器ではないと、誰より強く思っているのが自分であることを知りました。お客さんが死体で発見されたと聞いて、その人のことでも、宿の今後でもなく、自分の愛人の姿を思い浮かべるなんて。

三年前から、ここにいます。それまでは、新橋で小料理屋を、その前は、銀座でホステスをやっていました。

店を出させてくれたのも、当時の愛人です。食品メーカーの社長でした。好きだったわけではないけれど、色々と良くしてくれるものだから、私も言うことを聞きました。マンションの家賃も、その人が払ってくれました。なのに、店の売り上げは全《すべ》て私にくれるものだから、私は、随分と呑気《のんき》な気持ちでした。赤字だろうが黒字だろうが、頓着《とんちゃく》したことありません。ただ、自分の小遣いが減るだけのことですから。ホステスをやっていた頃は、職業柄、いいお洋服を着たり、お着物を誂《あつら》えたり、本物の宝石をつけたりしていましたが、私は元々、そういうことに興味がないんです。物欲がない、というのでしょうか。

唯一《ゆいいつ》、何より大切にしていたのが、猫です。黒の雌猫で、名前をキイといいました。私はキイが見せる、なめらかなビロウドのようなお腹《なか》や、気まぐれな媚態《びたい》や、不機嫌な欠伸《あくび》を愛しました。何事にかけても無関心でいて、私の心を惹《ひ》きつけてやまないキイの美しさに、ほとんど嫉妬《しっと》していました。自分は面倒でご飯を食べなくても、名前の由来にもなったキイの鳴き声を聞けば、慌《あわ》ててお魚や缶詰を与えました。私はその「キィ」という甘い声を聞きながら、眠りについたものです。部屋の中で、キイ以外に大切なものはなかったと言っても、大げさではありません。

そんなですから、人から高価なものをもらったら、ありがとうと思うけれど、お返しをしなければ、という面倒臭さの方が勝り、結局その人を家に泊めてしまったりして、翌朝、なんともいえない嫌な気持ちになるんです。そういうときは、ほとんど自暴自棄で、愛人に知られ、料理屋も取られて、マンションを追い出されてしまっても構わない、と思うのですが、かえってそういう気持ちのときに限って彼は来ず、私は結局何も知られないまま、ダラダラと、彼のお世話になっていました。変わったのは、彼の食品会社で、原材料の偽装が発覚したときからです。売り上げが目に見えて落ちました。事業を拡大しようとしていた矢先だったから、彼の会社は借金をしたばかりで、担保に入れていた子会社が、軒並み差し押さえになりました。

　こうなったら、悠長に愛人を囲って、売り上げにならない料理屋などをやらせている場合ではなかったんですね、当然です。でも、そんなときでさえ彼は、申し訳なさそうにしてくれました。本当に、いい人だったんです。私は何か報いることが出来ないかと、小遣いとして貯《た》めていたお金を、そっくりそのまま、渡しました。店とマンションだけは、私が譲り受け、一人でなんとかやっていこうと、思っていたんです。でも、当然、そんな考えは甘かったんですね。そもそも、人から与えられてばかりの人生で、店の売り上げのことさえ考えなかった私ですから。二年ほど続けていた店だけれど、常連さんの名前さえ、おぼろげな有様でした。赤字が続き、借金までするようになって、もう店を売ろうと思っていたとき、今の人に出会いました。彼は、私のふたつ年上なだけでした。四十二歳で、奥様と、中学生と小学生のお子さんがいました。前の愛人が、私より二十も上で、それ以前も、ひとまわり以上違う男性としかお付き合いしたことがなかったものですから、年の近い意欲的な男性との恋愛は、とても新鮮でした。体の喜びを初めて知ったし、会えないことで眠れない夜を経験するのも、初めてでした。彼は地方のホテルチェーンの副社長でした。社長は父親で、専務が叔父で、というような同族経営で、彼の自由になる資産は、たくさんあったのです。温泉宿を買うと言ったのも、彼でした。彼は最初こそ、そのアイデアに夢中になり、そうすれば私とその宿を貸切ることもできるなと、嬉《うれ》しそうに話していました。でも、売買の話がなかなか難航し、思いのほか時間がかかってしまった間に、きっと彼は、私に飽きてしまったのでしょう。私のほかに愛人がいることはうすうす分かっていましたが、段々と、私の存在を持て余すようになりました。そして私は、いつの間にか、宿の女将ということになり、ここに送られてきたんです。

私の前にいた女将さんは、自殺したということです。私がいるこの帳場で、首を吊《つ》ったそうです。怖くはありませんでした。ただ、その人を自殺に追い込んだのが、私の恋人である、という噂《うわさ》を聞いたときは、ぞっとしました。全く根も葉もない噂ですが、あの人だったら、もしそれが本当であっても、ひとりの女の死など、気にも留めないだろうと思いました。最初の半年は、彼も旅行気分で、二週に一度くらいは、視察もかねてここに来てくれました。私は彼が来ると知る度、お化粧をきちんとして、できるだけ綺麗《きれい》に見えるように努力しました。そんなことをしたのは、彼との間が初めてでした。生まれて初めて、受身ではなく、何かを欲したのが、彼でした。しかしそれも、一ヶ月に一度、三ヶ月、六ヶ月、と長くなり、気が付いたら私は、彼に、もう一年以上も会っていませんでした。

だから、庭園の池に、女の人の死体が浮いている、と聞いたとき、ああ、これだけの事件であれば、オーナーである彼は、来ざるを得ないだろうと、思ったのです。

事件のあった日のことを、思い出すとき、心に浮かぶことがあります。私が前の晩、女将さんが首を吊ったという、まさにその柱の下で何をすることもなくまどろんでいたら、猫の鳴き声が聞こえました。「ニャア」と、甘い、囁《ささや》くような声でした。私は咄嗟に、キイを思い浮かべました。キイの鳴き声でないことは明らかなのに、そして、キイがこちらに来る前、引越しの準備をしている間に、そんなことをする子ではなかったのに外に出、車に轢《ひ》かれてしまったことを知っているのに、「キイ？」と、名前を呼びました。ぐちゃぐちゃになったキイの体が、まだ温かかったことを、昨日のことのように覚えている。他の猫がやって来ても、姿を見ていたくなくて、追っ払ってもらうのに、私はそのとき、キイが来たのだと、思い込んでしまいました。部屋を出、小さな声で「キイ」と呼びながら、声のする方へ歩きました。でも、不思議でした。声のする方へ行ったつもりが、次に聞こえてきた声は、私の全く後ろ側で、慌ててそちらに向かうと、今度はさっきの方から聞こえる。そして決して、姿が見えないのです。

私は何度かそれを繰り返し、ほとんど泣き出しそうになりながら、「キイ」「キイ」と、呼び続けました。そして、ふと映った廊下の鏡に、疲れきった自分の顔を見ました。化粧をしていないだけで、ここまで年を取るのかと、愕然《がくぜん》としました。こんな姿では、あの人は私の所へは来てくれない。私は狂ったように部屋に走って戻り、化粧箱を探りました。お風呂《ふろ》に入ったというのに、ゆっくり時間をかけて、念入りに、念入りにお化粧をしました。もう、半年ほど塗っていない赤い口紅を出し、輪郭を描いて色を塗りました。そのときにはもう、猫の声は聞こえませんでした。すっかり化粧を施した私の顔は、懐《なつ》かしいものではあったけれど、以前の私とは違いました。

そのとき、ロビーの方で、気配がしました。人の気配でした。私は、急に人恋しくなって、部屋を出ました。誰でもいい、化粧をした私の姿を、見て欲しかったんです。

そこには、女性の二人組がいました。一人の女の人が、もう一人に、ぐたりと寄りかかっているから、酔っているのかと思いました。しっかりしている方の女の人は、とても綺麗な髪色をし、化粧をしていないはずなのに、肌が驚くほどキメ細かく、憎らしいほど、女の匂《にお》いがしました。あの人の新しい恋人は、あんな風なのだろうかと、ふと思いました。

大丈夫ですか、と声をかけると、ぐったりした女の人は真っ赤な顔をし、濁った眼をしていました。私はあんな底のない目を見たことはなかった。投げ出されたその体が、キイの体のようにしなやかに曲がり、ほとんど人形のようでした。それを支えている女の人の腕に、青い静脈が浮いていたのを、はっきりと覚えています。女の人はにこりと笑い、大丈夫ですから、と言いました。その笑顔には、どこか含んだような色気がありました。今どきの女の人には珍しい、形のない色香のようなものでした。私は彼女に嫉妬する気持ちを抑えながら、それでもそこを立ち去りがたく、何をするでもなく、馬鹿《ばか》みたいに立ち尽くしていました。

彼女は、何か物言いたげに私をじっと見ていました。そして、全く自然な様子で、

「綺麗ですね」と言いました。私は、自分の耳を疑いました。

「口紅」

彼女は、そう言いました。そして、良い匂いを残して、ふわりとその場を去りました。

私はそのとき、走っていって、彼女にすがりつきたい思いに駆られました。この宿が、急にとてつもなく広く、冷たくて、寂しい場所であると感じました。今まで、そんな風に思ったことなどなかったのに、帳場で、亡《な》くなった前の女将さんが待っている気がしました。怖くて怖くて、体の震えを、止めることが出来なかった。彼女の姿が見えなくなってからも、私はしばらく、その場を動きませんでした。

事件の朝、私は、昨晩の口紅を、また、丁寧に塗りました。テレビのインタビューに答えている間、私は自分の唇のことばかり、気にしていました。顔にはぼかしを入れますから、と、テレビの方は言ってくださったけれど、私は、どうかこの唇だけは映して欲しい、と思いました。あの人は、テレビを見るだろうか。真っ赤に引かれた、私の唇を見るだろうか。そして、それを欲してくれるだろうか。

女の人が浮いていた池を、カメラマンの方が熱心に撮っていました。何事もなかったように、池の鯉《こい》たちが跳ねていました。私は、宿の窓に映っている、自分の顔を見ました。

赤く引いた私の唇は、私の顔を走る傷のようにも、池で泳いでいる、鯉たちの、濡《ぬ》れた体のようにも見えました。ここから決して出ることもなく、何かを請《こ》うように、体を揺らす、魚たちの、哀《かな》しい体のように見えました。

アキオ

こんなに綺麗《きれい》な景色なのに、皆、眠ってしまった。

目的地の温泉に向かうバスには、僕たち四人の他に誰も乗っていなかった。だから、たとえば左右の座席の間を移動したり、窓を開けて顔を出してみたり、振り返って、視界から去っていった木々を思い出したり、そんな風に思う存分、この美しさを堪能《たんのう》することが出来るというのに。ナツはシートに体を沈めた途端、寝息を立て始めたし、トウヤマに至っては、待ち合わせ場所に来たときから、倒れこみそうな様子だった。ハルナとは一度目が合った。が、すぐに逸《そ》らし、トウヤマの肩に頭を乗せ、眠ろうと努力していた。あとはただ、僕が感嘆の声を出してみても、無口な運転手がバックミラー越しに、こちらをちらりと見るだけだった。

もう少し遅く来ていたら、ここいらはきっと、真っ赤になっていたのだろう。今は深い緑が、零《こぼ》れ落ちそうに山肌を覆《おお》い尽くしている。まるで、もうすぐ来る秋と、そして間髪容《い》れずやって来る冬を分かっていて、やけくそになっているみたいだ。川は、そんな木々の目論見《もくろみ》をやり過ごし、ささやかな規則正しさでもって、海を目指し、進んでいる。光が跳ね返ったそこだけ白く浮かび上がり、そのいびつな光り方は、なんとなく、ナツの細い太腿《ふともも》を思い出させる。

カーブに差しかかるたび、奇妙な形をした岩が目につく。それは群れからはぐれた象に見えたり、水の中で身を潜めているワニに見えたりする。川が好きだ。一瞬たりとも同じ水がそこにいないという刹那《せつな》、なのに、どことなくだらしなく見える感じ。

ナツは、寝息を立てて眠っている。出会った頃から本当によく眠る女ではあったが、最近のナツの睡眠は、尋常ではない。突然がくり、と、体の筋肉全《すべ》てが機能を止め、沈み込むように目をつむる。そして、後はただ、死んだように弛緩《しかん》している。生まれたての赤ん坊でも、ナツのように無防備に眠ることはないだろうと思う。

「ナツ」

耳元でそう呼ぶと、ふたつ後ろに座っていたトウヤマが「うう」と唸《うな》った。ナツは、起きなかった。

降りるバス停を告げていたので、運転手が声をかけてくれた。あやうく、乗り過ごすところだった。皆は相変わらず眠っていたし、僕はそのとき、窓から見える昼間の白い月に、目を奪われていたのだ。手術着を思わせる清潔な水色の空に、誰かの目玉みたいな白い月が浮かんでいる。圧倒的であった木々の緑も、空までは届かないのか。そう思うと、心地よい絶望感のようなものが、僕を包んだ。

こういう気持ちが、たまに起こる。圧倒的に巨大なものを見たり、それが堂々と何かに委《ゆだ》ねられているのを見たりすると、軽く絶望するのだ。自分がちっぽけだ、などという、そんな簡単なことではなく、そこに、その景色に、何も足りないものはないのだ、と思う。僕たちの余計な介入を許さない、圧倒的な充足がそこにある。それを考えるとき僕は、大きな渦に飲まれた虫のような気分になる。どれだけ羽を広げても、四肢を伸ばしても、僕の体は確実にその奔流に飲まれ、そして、消えてしまう。後には何も残らない。自分の取るに足らない存在を思い起こさせられ、絶望し、いつか消える日を待つ。だからこそ、生きていける。

バスを降りてみると、川は飄々《ひょうひょう》とした表情を見せていた。さっきの規則正しさとは打って変わり、好き放題に流れている。たまに小さな岩で跳ね返っては、こちらに手を振るような仕草をして、また、流れていく。流れのひとつずつを注意して見ていると、踊るように流れていくものもあれば、修行僧のように黙々と流れていくものもある。それはとても自由で、屈託のない世界に見える。にわかに元気になった僕が思わず、

「こんなとこで死ねたらいいだろうなぁ！」

そう言うと、ナツは言っていることが分からない、という風に首をひねった。その様子が小さい頃飼っていた犬にそっくりだったから、僕も真似《まね》をして、首をひねった。トウヤマの煙草《たばこ》を見て、ナツも吸いたそうな顔をしている。ナツのコートの、右のポケットに入っているのを知っているから、取れないようにしてやろうと、左手を差し出すと、素直につないできた。風になびいた黒い髪が数本、口の中に入っている。それを取ろうともせず、見ただけで分かる軽い荷物を肩に背負い直し、ナツはゆっくり、歩き始めた。時々ちらりと、トウヤマとハルナを振り返るから、

「一緒に死のうって言ったらどうする？」

そう言ってみた。ナツは僕の方を振り返り、また首を傾《かし》げる。無性に愛《いと》おしくなり、耳たぶを舐《な》めた。ナツは驚いたように僕を見たが、それは、僕の犬が昔よくしてくれたことなんだよ、ということは、教えてやらなかった。

部屋からの景色は、まったく、素晴らしかった！

手を伸ばせば、すぐに川に届きそうだ。目の焦点を合わせずにいると、距離感が分からなくなる。白く跳ね上がった飛沫《しぶき》さえも、こちらに届くのではないかと思われた。部屋の新しさは、旧館の風情《ふぜい》が損なわれていて少しがっかりしたが、これだけ川に近ければ、きっと夜も、ぞう、ぞう、というその音に包まれて、眠ることが出来るだろう。朝起きたら、部屋の中まで、川の緑に染まっているかもしれない。それが元々、木々を反射して出来た色であることを、忘れてしまうだろう。

ハルナとトウヤマの部屋には、目の前に炊事場の煙突が立っているので、僕らの部屋ほどの絶景を拝むことは出来ないようだった。しかしふたりともどうでもいいようだったので、僕らは堂々と、こちらの部屋を取ることが出来た。

ナツは座椅子《ざいす》に腰掛け、ぼんやりとお茶をすすっている。まだ、眠たいのだろう。ああいう顔を、会社でもしているのをよく見かける。周りの人間がどう思っているのだろうとハラハラする気持ちもあるが、僕はナツの、とろりとした目を見るのが好きだ。何も映していない、ただ体の欲求に従った、小さな女の子のような目が好きだ。

僕と目が合うと、トウヤマが置いていった吸い差しの煙草に火をつけた。生まれてから一遍も煙草を吸ったことがないと言っていたのに、ある日突然、僕の前でライターを取り出し、煙を吸い込んだ。苦しそうにむせているときでさえ、煙草を吸っているときは、幸せそうだった。まるで小さな頃、良い行いをしたときのご褒美《ほうび》が煙草であったかのような、しっくりと馴染《なじ》んだ光景だった。

僕はぜんそくだが、そのことをナッに訴えたことはない。苦しさに涙が出そうになるが、ナツがあんまり美味《うま》そうに煙を吸うので、それが僕にとっても何か、とても良いものであるような気がするのだ。それともナツは、僕を苦しめようとして、煙草を吸っているのか。

「アキ、川沿いで暮らそうか？」

ナツが出し抜けに、そう言った。たった今煙草を吸っているところを見たというのに、ナツが起きていることに驚いた。ナツからは、起きている人の気配がしない。

「東京で？」

僕がそう聞き返すと、ナツは、困ったように黙り込んだ。煙がこちらにやってきて、僕の喉《のど》を苛《いじ》める。

「東京に、川なんてないよ」

聞こえないことは分かっていたが、そう言った。ナツは、紫の煙に目を細めた。ぞう、ぞう、と川の流れる音が、心地良い。

僕たちが最初の温泉に入る間、トウヤマは、部屋で寝ていると言った。たくさんの荷物を抱えたハルナと比べ、タオル一枚だけのナツは、ずいぶんと潔《いさぎよ》く見えた。少ししゃちほこばった肩だから、浴衣《ゆかた》が似合わないのも、僕の気に入った。ナツは、媚《こ》びる、ということを一切知らない。意識をしてそうしているわけではないだろう。だが、時々僕を見る目は小さな男の子のそれのようであるし、服を脱ぐときに恥ずかしがったことがない。化粧はするようだが、取ったときとそう変わらないし、マニキュアを塗っているところも、ドライヤーで髪を乾かすところも、見たことがない。

たまに、弟みたいだと思うときがある。

僕には、弟が出来るはずだった。随分経《た》ってから、そのことを母親から聞かされたが、弟は、生まれてすぐに死んだ。僕が三歳のときだ。弟がいたら、どんなだったろうと、思うことがある。

結果的にひとり息子になった僕は、甘やかされ、家にあるものを、いつも独り占めしていた。もし弟が生きていたら、そんなことはなかっただろう。おもちゃやお菓子を取り合って喧嘩《けんか》しただろうか、それとも僕が、優しく弟に分けてやっていただろうか。そんなに背が高くない僕を、弟が抜かすことがあっただろうか。弟の恋人を見て、僕が嫉妬《しっと》をすることは？　二段ベッドの下から聞こえる小さな寝息を、どんな思いで聞いたのだろう。そして、ナツを紹介したら、弟はなんて言っただろうか。

「愛想のない人だね」

そんな風に、笑ったかもしれない。

もし弟が生きていたら、僕はナツにそうしているみたいに、弟に話しかけたはずだ。髪を撫《な》でることはなかっただろう。しかし、肩を叩《たた》いて、川が綺麗だ、海よりも断然いい、などと、そんなことを言っていたはずだ。

弟は、この世に生まれて、二時間で死んだ。

「トウヤマは、夕飯まで起きないつもりかな？」

廊下でふたりと別れるとき、僕がそう聞くと、ハルナは髪をしきりに気にしながら、

「たぶんねぇ」と答え、ひらひらと手を振って、歩いていった。ナツが一瞬こちらを見たが、微笑《ほほえ》むことも、手を振ることもなく、そのままハルナと連れ立って歩いて行った。

内湯は、広々としていた。旅館のパンフレットを読むと、明治時代に作られたもの

だということだった。風呂《ふろ》の真ん中に、大の男が二十人がかりで運んだという、大きな岩がある。壁一面の窓から光が差し込み、湯船をきらきらと光らせている。窓は中庭の池に面しており、池の水面は湯船のそれよりも高い。面白い造りだ。時々、池の中をゆっくりと泳ぐ緋鯉《ひごい》の姿が見え、一緒に湯船につかっているような錯覚に陥る。ゆらりと浮かぶ赤い鯉は、誤って切ってしまった、誰かの指の血のようにも思える。

適当にかけ湯をして、湯に飛び込んだ。冷えた肌が粟立《あわだ》ち、僕はぶるっと大きく震えた。

「ああ」

と声を出すと、それは天井にぶつかり、丸みを帯びて跳ね返ってくる。

入った途端、小便がしたくなった。しまった、と思ったが、脱衣場の方で物音はしなかったし、誰かが入ってくるような気配もなかった。僕は、悪巧みを考え付いた子供のような、無邪気な気持ちになった。

湯船を出て洗い場まで行き、女のようにしゃがんだ。いざしゃがんでみると、さきほどまでよく我慢していたものだと呆《あき》れるほど、小便が勢いよく飛び出した。

黄色く濁った液体が、ささやかな川を作って、排水溝に流れていく。なかなか止まらなかった。脱衣場で物音がしたように思い、どきりとしたが、気のせいだった。それに、もし人がいても、僕のこの小便の勢いは止まらないだろう、そんな風に思って、急に、勇ましい気持ちになった。そして、女のようにしゃがんで、乱暴な小便をしている自分が、おかしかった。

すべてを出し切ってから、随分すっきりとした気持ちでシャワーを流した。そして、そのままの姿勢で、陰茎を持ち上げてみた。手の中のそれは、木の上から落ちてきた、腐ったバナナのようである。足で踏むと、力を入れなくてもぐにゃりとつぶれそうだ。もう一度脱衣場の方を確かめて、ゆっくりとこすってみた。何度かそうしていると、怒ったような紫になったが、思ったような硬さにはならない。下腹に力をこめても、やはり、頼りなかった。気が付くと、肩で息をするほどムキになっていた。

鏡を見ると、自分と目が合った。目の周りだけが赤く、こめかみがひきつっている。猿みたいだ。

そう思って、恥ずかしくなった。ぐたりとしたままのそれを、誰かに思い切り踏んづけてもらいたいと思った。僕は体をかがめるようにして、鏡に自分が映らないようにした。

そのとき、ばちゃり、と音がした。何かが湯船で跳ねるような音だった。振り向くと、やはり湯船には誰もいず、池の水面を、さきほどの緋鯉が泳いでいるだけであった。

「驚かすなよ」

そう言ってから、ますます恥ずかしくなった。僕は熱いシャワーを鏡に勢いよくかけて曇りが取れるのを待ち、そこに映った、やはり猿のような自分の顔を見て、笑った。泣き笑いのような顔だった。

ばちゃり、と、鯉がもう一度跳ねた。

男湯と書かれたのれんをくぐったところに、冷水器が置いてある。喉が渇いたような気がしたので飲んだ。随分と冷たくて、たちまち僕の喉と、そして腹を冷やした。小さな頃から、胃腸が弱かった。給食の牛乳の冷たさはいつも僕を脅《おびや》かしたし、満員電車ではいつ、下腹部を急に陥《おとしい》れる不穏な雷のようなあれが訪れるか不安で、なるだけ扉の近くに陣取った。薬を飲んでも効かない。僕の体は、小さな頃から、強さのようなものから、まったく無縁であったように思える。

手近にあったトイレに入って用を足していると、廊下を歩くナツとハルナの話し声が聞こえた。ハルナが、あたしたちの他に、どれくらい泊まってんのかなぁ、そんな風に言っている。ナツも何か返事をしているようだが、くぐもっていて、はっきりと聞こえない。ゆっくりしゃがんでいると、浴衣の袂《たもと》がかちゃりと鳴った。鍵《かぎ》を僕が持っていることに気づき、あわてて外に出た。出た途端、腹がまた不安げに鳴ったが、かまわずスリッパを履いた。

「おーい」

僕がそう言うと、二人がこちらを振り返った。

「なんだ、アキの方が遅かったの？」

ナツが、不思議そうに言う。濡《ぬ》れた髪の毛が頬に張り付いて、ナツは、とても疲れているように見える。

仲居さんが四人分の料理をもたもたと並べている。この土地の話なんかを聞いても、

「さあ、どうでしょうねぇ」

などと、曖昧《あいまい》に笑う。やせぎすの人だが、話し方や行動が、牛を思わせる人だ。白髪が数本混じった短い髪が、暖房の風に当たって、ふわふわと揺れている。ナツは窓《まど》際《ぎわ》のソファに座り、ぼんやりと窓の外を見ている。外は靄《もや》がかかった青黒さで、灯りに照らされたナツの美しさを、引き立てている。はだけた足元からは、すらりとまっすぐな足が伸び、それは投げ出された若い木の枝のようである。

「ナツ、見てみなよ。すげえ量だよ」

仲居さんがのらりくらりと頭を下げて出て行ってから、僕はそう言って手招きした。ナツはこちらを向いて、

「ほんと」

と言ったきり、その場を動かない。僕の顔を見ているが、何かを思い出しているようにも、忘れようとしているようにも見える。ナツはよく、こういう顔をする。僕はそのたびナツに、どうした？　そう聞くのだが、ナツがきちんと答えたことはない。

暖房が効きすぎているのか、腋《わき》にじっとりと汗をかく。頬に水滴が垂れているので、ナツも汗をかいているのかと思ったが、それは乾かしきれなかった髪の毛から垂れた、新しい雫《しずく》だった。

「うわあ！　すごい！」

扉を開けたとたん、料理を見たハルナが歓声を上げる。起きたばかりなのだろう、むくんだ顔をしたトウヤマが、その後に続く。料理を見ても、僕らを見ても、何も言わない。皆浴衣なのに、ここに来たときのままのパーカーを着ているが、席に座った途端、暑いと言ってそれを脱いだ。ハルナがトウヤマのコップにビールを注いでやる。乾杯をする前に飲んでしまうのではと心配したが、トウヤマはおとなしく、僕らのコ

ップにビールが注がれるのを、待っていた。

「かんぱい」

ビールは僕の胃に、まっすぐ落ちて来た。腹が減っていたから、すぐに顔が熱くなるのが分かる。耳の付け根が、どくどくとうるさい。すぐに水を飲みたくなったが、皆、何食わぬ顔でそれを飲んでいるから、僕も無理をして、もう一口飲んだ。そして、手をつけられるものを、片っ端から食べた。ハルナは時々箸《はし》で小鉢をつつきながら、甲斐甲斐《かいがい》しくトウヤマの世話を焼いている。トウヤマはビールを飲んでは煙草《たばこ》を吸い、ちっとも料理に手をつけない。でも、時折思い出したように唐突に、僕の空いたグラスに、ビールを注いでくれたりした。

注がれたものを僕は一息で飲み干し、それをナツが、驚いたような顔で見た。僕はナツを見て明るく笑ってやり、そしてさっき風呂場に流してきた小便のことを考えた。濁った黄色が、排水溝目指して勇ましく進んでいく様、窓際で揺れていた鯉のだらしのない様子を考えた。今僕が飲んでいるこれも、すぐに小便になって流れていく。そう思うと、嬉《うれ》しくなって、僕はいつもよりよく喋《しゃべ》った。もしかしたら、酔っていたのかもしれない。何度もトウヤマに話しかけた僕に、ナツが澄んだ声で、こう言った。

「アキ、猿みたいだよ」

ばちゃり、と、鯉が跳ねる音が聞こえたような気がした。

下腹部がぎゅうと熱くなった。しかし、それは決して硬くならず、僕の組んだ足の上に、だらりと投げ出されている。耳に心臓が移動してしまったように、どく、どく、と脈打つ。

「なんで」

やっと声が出た。体が震えるのを止めるのに、必死だった。見られていたわけではない。それは分かっている。分かっているが、何もかも見透かしたようなナツの澄んだ声は、僕を羞恥《しゅうち》の底に突き落とした。

ハルナが慌《あわ》てた様子で、何かとりなしているが、そんなハルナの気遣いさえも、僕には苦痛であった。僕はゆっくりナツを見た。驚いたことに、そこにはとても怯《おび》えた、ナツの顔があった。ナツは、大変な失敗を見つけられた子供のように、泣き出しそうな顔で、僕を見ていた。見たことのない弟の顔が、それに重なる。生まれてすぐに死んだ弟。当然ながらそれは輪郭を持たず、まばたきをすると、すぐに消えてしまった。

ナツは、怯えた眼で僕を見続ける。ハルナが何か言ったが、ちゃんと聞こえなかった。僕は曖昧に返事をし、それから、

「そうなんだ、僕、猿みたいなんだ」

そんな風なことを言い、おどけた。体の震えは落ち着いていた。ナツが少しだけ、笑ったような気がした。

トウヤマに用事を言いつけられたハルナが戻って来てからも、皆なんとなく黙っていた。さきほどの仲居が、また牛のようなゆっくりとした動きで入ってくる。よく見ると、左足を引きずっているようだ。僕はそれを見て、急に優しい気持ちになった。彼女は「これ下げますね」「これは残しておきましょうね」などと、ほとんど独り言のようにそう言い、机の上を片付けて行った。

「ここらへんに住んでらっしゃるんですか」

僕がそう聞くと、何故《なぜ》かぎくりとしたような様子で、

「ええ、まあ」

と、また曖昧に返事をした。何かにつけて、そういう返事しか出来ない人のようだ。彼女のそういう態度は、あの左足が原因であろうと思った。

随分長い間黙っていたナツが、急に、

「あの、この旅館に、猫はいますか」

と聞いた。出て行こうとしていた仲居は、一瞬驚いた顔をしたが、少し考える素振りを見せ、

「猫ですか。はあ、見たことございません」

と返事をした。ナツは「そうですか」と小さな声で言い、それ以上何も聞かなかった。


トウヤマは、とても痩《や》せている。

浴衣《ゆかた》を落としたトウヤマの体は、肩幅だけ大きくせり出しており、随分と不恰好《ぶかっこう》に見える。浮きあがったアバラは体を動かす度、ぎしぎしと音を立てそうなほどで、まるで、トウヤマの体の中で起こっている何らかの窮状を、訴えかけているようだ。皮膚が青黒くくすんだ尻《しり》は左右の大きさが違い、すらりと伸びた脚の先に、体の割に大きな、甲高の足がついている。中学生のように華奢《きゃしゃ》にも見え、老人のように疲れているようにも見える、不思議な体だった。

露天風呂に行こうと誘ったのに、トウヤマは先に内風呂に入りたい、と言った。お前、先に行けよ、そうも言ってきたが、僕はひとりで露天に行く気はしなかった。

トウヤマはさっさとタオルを取り、浴室の扉を開けた。体を隠すように浴衣を脱いでいる僕に、見向きもしなかった。僕は深呼吸をひとつし、トウヤマの後に続いて浴室に入った。

トウヤマは、かけ湯もせずに湯船につかっていた。風呂《ふろ》には、僕たちふたりだけだ。今さら思うが、随分とさびれた温泉宿である。

「お前、その傷、手術の跡？」

浴室に、トウヤマの声が響く。僕の声はずいぶんと柔らかく聞こえたのに、今度のトウヤマの声は、鋭角で、ぴんと張り詰めている。

「そうだよ。小学生のとき」

大手術であったと聞いた。

弟のこともあるし、そもそも、母の体が虚弱であったのだ。そのことで母は、随分といたたまれない思いをしてきたようだ。父方の親戚《しんせき》に会う時などは、小さな体を折り曲げるようにして、誰彼かまわず頭を下げている。その卑屈さが蓄積し、母の体はどんどん弱っていくように思う。父には愛人がいる。そのことを彼は、隠そうともしない。まるで母の体が原因である、というように、時折体調を崩して寝込んでいる母を、憎しみをこめた目で見ることがある。母は布団《ふとん》の中で丸くなり、苦しいと訴えることもない。

「ふうん」

トウヤマは、興味がないという素振りを見せ、どぶんと、顔を湯船につけた。泡立つ水面を見ながら、僕はそろりそろりと、今日二度目のかけ湯をした。

物心がついてから今までずっと覚えている言葉がある。

僕は幼稚園の年少だった。そのときはまだ、胸に傷があったわけではない。しかし、幼稚園の先生が、友達の母親が、何より僕の両親が、僕を腫《は》れ物《もの》のように扱った。冬になると、皆が外に出て一緒にやる乾布摩擦も、僕は一人教室の中から見ているだけだったし、運動会の徒競走にも出なかった。

名前を忘れてしまったが、僕と同じ年の女の子がいた。年少であったが、ずいぶんと体が大きかった。皆で鬼ごっこをしていて、彼女が鬼だった。僕は砂場や滑り台の裏を、ちょこちょこと逃げていた。女の子は体が大きいためか、脚が遅く、すばしこい他の子供たちを、なかなか捕まえられずにいた。そして、滑り台の裏で、鬼が追いかけてくるのを緊張しながら待っている、僕を見た。僕は見つかったという恐怖と、これから起こる彼女との攻防を想像し、興奮していた。しかし彼女は、僕に一瞥《いちべつ》をくれ、こう言ったのだった。

「アキオ君を捕まえても、鬼にならないから、つまらない」

そして、他の子供を捕まえるべく、重い体を引きずって、走っていった。

後で僕は、同じクラスの皆が、先生に「アキオ君は体が弱いから、鬼ごっこで捕まえても、鬼にならなくていいことにしてあげて」と、言われていたことを知った。

僕には、理解できなかった。少し無理をすると鼻血が出たし、夜中息が苦しくて、泣きながら起きたことは多々あった。しかし、自分の目には見えないことで、僕が他の子供と違うものとされていることは、受け入れられなかった。僕の体は白く細かったが、他にもそういう子はいたし、園内で特別小さいというわけではなかった。どうして、全力で走ろうとすると、先生に止められるのか。皆は手をつないで一緒に帰るのに、僕だけ母が迎えに来るのか。プールの時間、先生と教室で皆を待っていなければいけないのか。

しかし、小学校に上がると、自分でも、人との違いを意識するようになった。せざるを得なかった。それが、この傷である。手術のために長い間入院していたことや、同級生といわれる子たちが皆僕よりひとつ年が下だということも、大きな違いではあるが、それよりも僕は、この傷、目に見えて分かる、この大きな傷を見て、全《すべ》てを納得した。幼稚園の僕が、皆と違う生き方をさせられていた理由が、全てその傷にあるように思った。

小学校の間、僕はずっと体育を見学した。夏は冷房の効いた保健室で、冬はストーブで暖められた教室で。廊下ではよく転んだし、その度に先生が飛んできた。給食を残しても僕だけが叱《しか》られなかったし、掃除をするときはいつも一番楽な役をあてがわれた。

幼稚園の頃には目立たなかった体軀《たいく》の差が、歴然としてきた。僕から見た上級生はほとんど大人のように見えたし、同級生の、ひとつ年下の女の子さえ、脅威だった。母もそれを感じていたのか、朝、校門まで僕を送りに来た際、いつまでも僕を心細い目で見つめていたし、帰りに迎えに来たときは、僕の体に青紫の痣《あざ》がないか、僕の表情に、苛《いじ》められている者特有の、静かな諦《あきら》めのようなものが見てとれないかを確認していた。

しかし、実際は僕が誰かに苛められるようなことはなかった。僕の傷は、心ない同級生でさえからかうことをためらうような、大きく、不吉なものだった。そして、僕の顔は、美しかった。意地悪な女の子や、乱暴な男の子でさえ、僕の顔を、はっとした表情で眺めることが、よくあった。教師たちは僕を、病気のせいだけではなく、どこか特別なもののように扱い、そのやり方はほとんど、神童を相手にしているような様子だった。

僕はいつも孤独だった。

皆は僕に話しかけたが、僕を頼りにすることはなかったし、僕を笑わせることはあったが、僕から何か楽しみを享受《きょうじゅ》しようとはしなかった。僕と皆の間には、目に見えない、透明で薄いガラスが、いつもあるような気がした。薄いが、とても頑丈なガラスケースに入って、中から皆を見ているような気がした。時折そこには、傷が映った。ガラスに反射している、大きく不吉な傷を、僕はまざまざと見せ付けられた。ちっぽけな僕の歴史を、隅から隅まで知っているのは、父でもなく母でもなく、この傷である。僕が信頼できるもの、僕とこの世をつなぐ唯一《ゆいいつ》のものが、この傷である。

トウヤマは、無遠慮な視線を、僕の体に投げかけてくる。何故だか僕は、あの女の子に見られているような錯覚をした。滑り台の陰に身を潜めている僕を、納得いかない、という顔で見ていた、女の子の視線。

「トウヤマ」

思わずそう、呼びかけた。しかし、何を言いたいのか、分からなかった。僕はうるさく鳴る心臓を落ち着かせるため、顔を乱暴に洗った。

そんな僕を尻目に、トウヤマは湯船の中を移動しだした。湯船にぶつかってくるように泳いでいる、池の鯉《こい》に気付いたようだ。トウヤマは立ち上がり、僕に尻を向け、自分の体をガラスに押し付けだした。

「俺の金玉、食おうとしてるみたいだ」

そう言って、僕に濁った眼を向けてくる。にやにやと笑っているから、さっき風呂場で僕がやっていたことを知られているような気がして、ますます、落ち着かなかった。鯉はぱくぱくと口を開け、トウヤマに向かって、何かを訴えているように見える。重なり合うように泳ぐその様を見て、本当にトウヤマを欲しているような気がして、眼をそむけた。

僕がトウヤマと同じようなことをしても、鯉たちは、集まってこない気がした。ちらりと僕のそれを見て、そして何事もなかったように、ゆらりゆらりと揺れているだけのような気がした。

「猿みたいだよ」

ナツは、そう言った。

それを思い出し、瞬時に顔が熱くなるのが分かった。これは怒りなのか、羞恥なのか。ただ、鏡を見なくても分かる。僕の顔はきっと猿のように赤く、曇った眼をして、そして媚《こ》びるような笑いを浮かべているはずだ。湯でいくら洗い流しても消えない。その笑いは僕の顔に張り付いて、決して離れない。胸の傷と同じように。

中学の修学旅行、皆が隠すようにしている性器、ちらりと見えたそれが、自分のものとは随分違うことを知って、愕然《がくぜん》とした。傷を隠すようにして体を洗っている僕に、皆は一瞥もくれず、おのおのが体験した自慰行為の話をしていた。髭《ひげ》も生えず、女のような体をしていた僕には、まったく無縁な話だった。同級生たちは、随分興奮していた。熱くなった彼らの体温、熱気や、体の中に納まりきれない何かが、そこいら中に蔓延《まんえん》しているような気がして、僕は湯船に浸《つ》かることが出来なかった。それに、そもそも僕のような人間が、彼らと同じ湯船に入れてもらえるとも、思えなかった。

風呂場で、部屋で、廊下で、僕はまったく孤独だった。その孤独は、小学校の六年間僕を覆《おお》っていた、あの慣れ親しんだガラスの孤独ではなく、自分が男であることを否定されたような、そしてそのことで、ひとりの人間として不完全な自己を思い知らされる、暗い穴のような孤独だった。

弟。さっきナツの顔に重なった弟の顔を、思い出そうとした。それは輪郭を持たず、曖昧《あいまい》で、すぐに消えてしまう。当然だ、弟は生まれてすぐに、死んでしまったのだ。もし生きていたら、弟は健康な体を持っていたのだろうか。ビールを飲んでも決して赤くならず、若い女を見て、体の奥底を、熱く疼《うず》かせる、僕とは全く違う男になったであろうか。そして僕の顔を猿のようだと、笑っただろうか。

胸の傷を撫《な》でると、それは熱を帯びたように熱くなっていた。こうやって遠目に見鯉で遊ぶことに飽きたのか、トウヤマは、洗い場に向かった。

ると二の腕が細く、ますますいびつな体に見える。トウヤマはさっき僕が座っていた場所に腰掛けた。僕は思い出した。風呂を出るとき、蛇口を熱湯にしていようか、冷水にしておこうか迷い、そして結局、冷たいままにしたのだった。

「冷たいよ」

そう声をかけようと思ったが、なんとなく、黙っておいた。僕は静かに、トウヤマの動向を窺《うかが》った。案の定トウヤマは、蛇口をひねった途端、冷たい水を頭からかぶり、悲鳴を上げた。

「冷てぇ！」

冷水に驚いたトウヤマは、人形のように跳ね上がった。僕は溢《あふ》れる笑いを抑えることが出来なかった。僕ではない、トウヤマのほうが、猿のようではないか。

「ごめん、ごめん、それ冷たくしたの、僕だ」

「なんで冷たくするんだよ」

トウヤマは、不遜《ふそん》な顔をして、震える手でお湯を出そうとしている。

「最後に、冷たいのをかけるのが気持ちいいんだ」

咄嗟《とっさ》に嘘《うそ》をついた。すらすらとそんなことを口にした後は、頭の中に、ある考えが浮かんでいた。もしあれが、熱湯だったら。頭から熱い湯をかぶったら、トウヤマの皮膚は、どうなるのだろうか。ぐらぐらと沸騰《ふっとう》した湯をかけたら、トウヤマは、熱い、熱いと、泣き叫ぶだろうか。それを見たいと思った。それを、切実に望んだ。

「おい、なんだよ」

気が付くと僕は、トウヤマの後ろに立っていた。ほとんど無意識だった。

鏡越しに目が合って初めて、トウヤマが驚いていることに気付いた。それほど、僕はトウヤマのすぐ近くに立っていた。トウヤマの表情は、さっきナツが見せた、どこか怯《おび》えた顔に似ている。しかし今度は、優しい気持ちにはならなかった。居場所を失い、僕はトウヤマの隣に腰を下ろした。心臓がどきどきといった。一瞬の間、意識が飛んでしまっていたことに動揺し、震える手で歯ブラシを手に取った。歯を磨くことなど、念頭になかった。チューブから歯磨き粉を搾《しぼ》り出すと、それはブラシをすり抜け、下に落ちた。トウヤマが、落ちた歯磨き粉を、じっと見た。

「もう歯磨くのか」

落ち着け、そう思いながら、今度はゆっくりと搾り出した。

「もう酒飲まねぇの？」

「うん、僕弱いからさ」

歯ブラシを口に入れた途端、その清潔な匂《にお》いに、安心した。僕には嗅《か》ぎなれた匂いだ。ミントの泡、消毒液、ノリのきいたワイシャツ。無菌で、冷たくて、整然とした匂いである。それ以外のもの、野性的な匂い、凶暴な匂い、暖かい匂いに出会うと、僕は少し、怖くなる。僕の手には負えない何かが始まるような、そんな気がするのだ。そしてすぐに、そんなことにびくびくしている自分を、嫌になる。

母と、そっくり同じではないかと思う。

「酒飲んでさ、ものすごく酔っ払えたらいいなと思うんだ」

力任せに磨いていると、歯茎から血が出てきた。吐き出すと、ピンク色に染まった泡が、トウヤマの方に流れていった。

「一度でいいから酔っ払って無茶したいなぁって思う」

トウヤマの足元まで流れていったピンクの泡は、するすると排水溝に吸い込まれていった。今朝バスの中で見た、圧倒的に綺麗《きれい》な空と、それに吸い込まれていきたいと思った、自分の姿を思い出した。消えていくことを想像するから、だから生きていけるのだと、あのとき思った。でも今は、違うような気がする。

「死ぬ前に、一度だけ」

トウヤマはふふん、と鼻で笑った。

トウヤマには、分からないのだ。一口飲んだだけで赤くなる肌、耳元にあがってくる心臓の音、全力で走れないこと、汗の匂いを、不安に思うこと。

「トウヤマは酔ってたら、なんでも許されると思ってるだろ」

そして、女を抱くことが出来ないということ。

何度も磨きすぎて、歯茎が痛かった。それでも僕は、それをやめることが出来なかった。

「出る」

トウヤマは居心地が悪くなったのか、立ち上がった。心臓の音は、いつの間にか落ち着いていた。トウヤマに、露天には、夜中入ろう。そう声をかけたが、返事をしなかった。出て行くトウヤマを見ていると、何かに似ていると思ったが、それが何なのか分からなかった。

湯船の方を見ると、さっきの鯉たちはいつの間にかどこかに姿を消している。ひとりきりになった洗い場で、また小便をしてやろうと思ったが、下半身に気配はなく、ミントの香りが、辺りをふわふわと漂っているだけだった。

ナツは、まだ戻ってきていなかった。

僕はコートの内ポケットを探り、銀色の包みを取り出した。

電気が明るすぎるような気がしたので、蛍光灯をひとつ消し、机の上で、包みをそっと開いた。赤ちゃんの産毛《うぶげ》のように、きらきらと光った粉が姿を現した。少しでも動かすと、ふわっと舞い散ってしまいそうだ。僕はほとんど息を止めるようにして、うっとりと、それを見つめた。

それは無駄がなく、とても静かで、取るに足らないほど細かく、無視できないくらいに光っている。それは蛍光灯の灯りに照らされながら、僕に訴えかけてくる。

さあ。

それは、そう言っている。匂いを嗅ごうと顔を近づけると、その僅《わず》かな仕草だけで、ふわりと舞い上がった。僕は注意深く、それらを指先に集め、アルミの上に置いた。

部屋に置いてある湯のみは、僕を、きちんと満足させてくれるものだった。藍色《あいいろ》の地に、白い線が一本、きりりと潔《いさぎよ》い。手にしっとりと馴染《なじ》み、飲み干すには少し多く、物足りないということもない。口当たりは柔らかく、少しだけ唇に、冷たい余韻を残す。

しばらくそれを見つめてから、その中に白い粉を落としていった。静かに。今度こそ、息をしてはいけない。心地よい緊張と期待で、僕の心臓は高鳴った。風呂場《ふろば》で陰茎をこすっていたときにも覚えなかった、はっきりとした高揚だった。

落ち着いて、ゆっくり。

粉は、これ以上ないくらい輝いている。僕は、粉がさらさらと落ちていく様を見て、これだと思う。空を見て優しい絶望感を味わったときと同じなのは、この感覚だ。そして、甘いしびれが体を襲う。消えてしまいたい、と思う。この青い闇《やみ》にまぎれ、そのまま綺麗に消えてしまいたい。そして青になって、青そのものになって、いつまでもいつまでも、漂っていたい。

ため息をつきたいが、落ちていくその規則的な動きをゆがめないようにしなければいけない。それは小さな小さな、虫のようなため息でなくてはならない。一粒一粒の姿を逃すまいと、目を凝らす。目がぼんやりと滲《にじ》んできたとき、やっと最後の粉が落ちた。湯のみにしっくりと馴染んだ粉を見て、目じりに指をやると、そこはしっとりと濡《ぬ》れている。泣いていたのかと驚いて、額にも手をやると、そこも、汗で濡れていた。

湯のみに蓋《ふた》をしたら、やっと安心した。大きくひとつため息をつき、自由に声を出せることを喜んだ。だがすぐ、今日は、出来るだけ小さな声で話そうと思い立った。ナツにだけ聞こえるような、小さな声で話そう。

ナツは僕の言葉を、どんな表情で聴くだろうか。「え？」と、また不思議そうな顔で聞き返すだろうか。そうしたら僕は、またその耳を舐《な》めてやろう。そして今度は、それは僕の飼っていた犬がしてくれたことなんだよと、教えてやろう。

犬の名は、ミルといった。誰がつけたのかは分からない。僕が生まれたときにはもう家にいて、すでに老犬だった。僕の体が弱いことから、近づいてはならないと、大人たちから固く言いつけられていたが、僕はミルが好きだった。夜中眠れないときは、こっそり起き出し、家の東側に繋《つな》がれているミルのところへ行き、体を撫でてやったり、耳を舐めるミルの無邪気な仕草に、危うく笑い声を出しそうになったりした。ミルは賢い犬だった。僕が唇に指を当ててシーッと言えば、遠慮がちに尻尾《しっぽ》を振ったし、体の小さい僕を脅《おびや》かすこともなかった。

僕が小学校三年生のとき、ミルは死んだ。最後の半年は白内障になった真っ白な目を虚《うつ》ろに開いて、曲がったままの首で、鎖にずっと繋がれていた。糞尿《ふんにょう》を垂れ流し、水を飲むのもままならない有様だった。家の人間は皆、そんなミルを哀れに思う反面、その存在を疎《うと》ましく感じるようであった。ノミにまみれた体を撫でてやることはなかったし、犬小屋の毛布の上で、水のような糞をしたときなどは、ミルをしかりつけた。ミルはもう、誰の声も聞こえないという風に空虚な目をし、曲がった首を、何度も犬小屋にぶつけていた。

僕は元気なミルが好きだったが、こんな窮状になったミルをこそ、愛した。ミルに対する言いようのない愛情で、僕の体はいきいきとした。みすぼらしい体をひきずって、ミルが犬小屋からのそりと姿を現すのを二階の窓から見つけると、僕は飛んで行ったし、皆があれほど嫌がった汚い体を、健康的であったときよりも熱心に撫でた。ミルは僕のことも誰か分からないようだったが、真っ白い目が茫洋《ぼうよう》と遠くを見ているのを愛したし、糞尿にまみれ、ただれた尻《しり》を愛した。ミルは確実に弱っている、死に向かっているのだと思うと、不思議と体がぞくぞくした。僕より弱い者、小さな者がこの世にいるのだと思うことが僕を慰め、味わったことのない愛情を抱かせたのだ。

ある晩、眠れない僕が布団《ふとん》でまどろんでいると、犬小屋の鎖がチャリ、と動く音がした。冬だった。またミルが犬小屋から這《は》い出しているのかと思い、寒さをこらえ、僕は布団を抜け出した。結露でびっしょり濡れた窓は暗闇の中で光り、どこか異界へ通じる扉のように思えた。僕は吐く息が白いことを確認し、下を覗《のぞ》いてみた。

そこには、ミルの体と、黒い人影があった。

しばらく暗闇に目が馴れず、それが誰であるか分からなかった。しかし、段々に目が馴れてくると、ミルの体、犬小屋の傷などが、見えるようになってきた。そして、その人物が誰であるかも。

それは母だった。

こんな寒い夜、母が外に出ていることが信じられなかった。夢でも見ているのではないかと思ったが、それは、はっきりとした、そして不吉な現実だった。母はミルに、何か肉の塊のようなものを与えているようだった。その頃にはミルは、そのように固いものを食べることが出来なかったが、手伝いの女性に任せきりにしている母には、分からなかったのだろう。

母は寝巻きの上に、白いダウンを着ていた。それは僅かに漏れる外灯に照らされてぼうっと光り、小さな母の体を、少しだけ大きく見せていた。母の手は、ダウンのそれとほとんど同じほど白く、隠れている首筋の白さなども、容易に想像できた。

僕は幼かったが、何故《なぜ》か母がしようとしていることを、一瞬で理解した。

ミルは母の手から口に入れられた肉を一口食べては吐き出し、ということを繰り返していた。母の手はきっと、ミルの涎《よだれ》にまみれているのだろう。そのような不潔なことを一番嫌っていた母が、あまりにも熱心にその動作を繰り返すので、僕はほとんど確信した。

一向に肉を嚙《か》み切れないミルに、業《ごう》を煮やしたのか、母はとうとうミルの口をこじあけ、無理やりに肉を入れた。そして口を閉じ、開かないように手で押さえた。ミルは苦しそうに体をよじったが、吐き出すことも出来ず、随分な時間をかけて、それを飲み込んだようだった。母は、肩で息をしていた。

ミルは自然、不思議そうに首をかしげているように見えた。母は、そんなミルの様子を、じっと見ていた。母の表情を見ることは出来なかった。ただ、こちらに向けた背、少し右に傾いた背からは、はっきりとした意思のようなものが感じられ、それは平生の母には、決して見られないものだった。

どれくらい時間が経《た》ったのだろうか。息をすることも忘れ、食い入るように見ている僕の視線の先で、ミルが、急にがくがくと震えだした。後肢《うしろあし》をぺたりとつき、口から泡のようなものをぼとぼと垂らし、ミルは苦しんでいた。僅かながら、ヒュー、ヒュー、という、僕がぜんそくのときに出すような音が聞こえた。

苦しむミルを、母はじっと見ていた。ぴくりとも動かなかった。

ミルはしばらく震えた後、最後に空を仰ぐように首を伸ばし、そのまま動かなくなった。

ああ。

僕はそう声に出した。

ぼんやりとした様子で立ち上がり、母がその場を離れた後も、玄関の開く僅かな音、廊下を歩く微《かす》かな気配を感じながらも、僕はその場を動かなかった。

ミルが愛《いと》しかった。哀《かな》しい感情は、少しも湧《わ》いてはこなかった。残酷であるとか、非道であるとか、そういうことは、微塵《みじん》も思わなかった。それどころか僕は、体中を急速に満たしていくミルへの甘い愛情に、しびれていた。苦しみ、空を仰いだミルの、その体を抱きたいと思った。ミルが息を引き取る瞬間の、その最後の体温を感じたいと思った。ミルの死を間近で感じ取った母に、心から嫉妬《しっと》した。

僕は横たわるミルをじっと見ながら、朝までの時間を過した。ミルの死骸《しがい》。その時間、それはこの世で最も美しいものであるように思った。


時計は、カチカチと音を立てる。僕はミルを撫《な》でてやったときのように、冷たい机に手を這わした。僕はその手触りで、ナツの裸を思い出した。

「幻覚剤、というほどのものでもないんだけど」

僕にこれを初めて渡したとき、ハルナはそう言った。

「なんとなく、忘れっぽくなるのよ。数分前のことも忘れちゃう」

店の女の子にもらったのだと言っていた。ひどい人は、ひどいストレスで不眠症になっていた頃、リラックス出来るし、痩《や》せるからいい、と、勧められたのだそうだ。少し飲んで、その効果に驚いた。そして怖くなり、飲むのをやめたそうだ。

ハルナがこれを、どうして僕に手渡したのかは分からない。ただ、僕が飲むのではなく、僕がナツに「飲ませている」ことは、分かっているはずだ。

ミルが死んでから、僕は脚の折れたハトや、目のつぶれた猫などに、よく出くわすようになった。今まで目を留めなかったそれらのものに、注意を払うようになったからかもしれない。僕は脚のない犬の、こぶのように固まった皮膚を愛したし、一日中公園のベンチに座って、目に見えない誰かと会話をしている老婆《ろうば》の、ほとんど毛のない白い頭を愛した。いずれ消えてしまうことを、健康な者より強く運命付けられている、全《すべ》てのものを愛した。

定期的に手に入れるこの薬の代金は、ハルナの服や靴に変わっている。

最近、服用量を増やした。

「あんまり量飲ませると、死んじゃうかもよ」

ハルナはそう言ったが、その言葉は、僕を微笑《ほほえ》ませるだけだった。

酒が入っていたからか、何度か眠った。ミルの出てくる夢を見た気がするが、目が覚めた途端、忘れてしまった。

時計を見ようと思ったが、見なくても、ナツが恐ろしいほど長い時間、戻ってきていないことは分かった。ひやりとした。朝同じ薬を少し飲ませた。急激に睡魔に襲われることもあるというこの薬が、ナツが湯船にとぷりと顔を沈めた途端、思い出したように作用し始めるのではないかと、思ったからだ。ナツが死ぬのが怖いのではない。ナツの死の、そのすぐ側に自分がいないということが、耐えられない。

ひとりで部屋にいるのが、急に寂しくなった。隣の部屋から、何か物音がしないだろうかと耳を澄ましたが、何も聞こえなかった。僕は薄暗くしていた部屋の灯りをすべてつけ、落ち着きなく畳に腰を下ろしているしかなかった。

暖房がきついから、部屋が暑い。風邪を引いたときのように、喉《のど》がヒリヒリと痛かった。気管も、細くなっている。ぜんそくの兆候だ。吸引器を持って来ていないことが、僕を不安にさせ、喉がますます細くなった。ひゅー、ひゅー、と、すきま風が吹くような音がする。それは、ミルが最後に出した声のようだった。

そうしているうちに、咳《せき》が止まらなくなった。苦しさで口を閉じることが出来ないので、座布団の上に、僕の涎がぼたぼたと落ちた。

小さな頃していたように、体を丸めて、横になった。苦しさは変わらないが、出来るだけ体を小さくすると、少なくとも自分の体がどうなっているかを、把握出来るような気がする。ぜんそくの症状は、数え切れないほど経験しているが、恐怖で気が遠くなる感じは、いつまでたっても消えない。

耳元で心臓の音がうるさい。肩をぶつけたのか、机の上の湯のみが、カチ、と音を立てた。白い粉も一緒に、揺れているのだろう。

目をつむって、しばらくそのままでいた。ミルがしていたように、体を横たえ、ぴくりとも動かなかった。僕はやっと安心し、目を開いた。恐怖の感情が薄くなり、咳も少しずつ収まってきた。肩が動くほど大きく息を吸い込むと、何かを訴えるように、喉が、ひゅーっと鳴った。完全に落ち着くのを待って、体をゆっくり起こした。座布団には、涎の染《し》みが出来ている。僕はそれを裏返し、湯のみの蓋を少し開け、中身を確かめると、部屋を出た。

ロビーに行くと、ハルナが自販機で何かを買っていた。

僕の立てた音に振り返った顔は、小さな女の子みたいだった。

「何よ、びっくりすんじゃん」

ハルナがここにいるということは、隣の部屋には、トウヤマがひとりでいるのだ。また、煙草《たばこ》を吸いながらビールでも飲んでいるのだろう。窓ガラスに下半身を押し付けていたトウヤマを思い出した。その記憶を払うように、僕もビールが飲みたくなった。赤くなるのは分かっている。それに、ぜんそくの症状が出た後に飲むのは好ましくない。でも、どうしても飲みたかった。

取り出し口にウーロン茶がある。ハルナのものだろう。聞くと、いらないというから、それも手に取った。

「アキオ」

手持ち無沙汰《ぶさた》のハルナは、それでもそこを動かなかった。ロビーはしんとしている。受付の奥に、灯りがぼんやり漏れているのが見えるが、人の気配がしない。

「あんたさぁ、ナツのどこが好きなの？」

ハルナが、そう聞いてきた。とても汚い何かについて話しているような声だった。

僕がハルナと別れ、ナツと出会ってから、ハルナは時々、こういう冷ややかな声を出すようになった。ナツのことが嫌いなのか、ハルナを喜ばすこともなく関係を終えた僕のことが嫌いなのか分からない。でも、そこには僕らを越えた何かに対する、歪《ゆが》んだ憎しみのようなものが感じられた。

「どんなとこ？」

ビールを飲み込んだ瞬間、渇いた喉がじゅわっと音を立てたのではないかと思うほど、染みてきた。顔が熱くなるのが分かる。また猿のような顔をしているのだろうと思って、恥ずかしかった。ハルナに、僕の顔を見ないでほしかった。

どうしてハルナのような女と付き合うことが出来たのか、分からない。いや、あれは付き合っていたとは、言えないだろう。同僚に連れられていったキャバクラで働いていたハルナは、酔って動けなくなった僕を介抱し、家まで送ってくれ、そしてそのまま帰らなくなった。とても綺麗《きれい》な女だと思ったが、底の浅い疑り深い目と、ほとんど熱心と言ってもいい怠惰さが、僕には恐怖だった。

「あんたは顔が綺麗だから好き」

ハルナはそう言ったが、時々そんな僕の顔を、ほとんど憎んでいるような目で見つめていることがあった。

僕はセックスが出来なかったし、ハルナもそれを求めて来なかったが、関係は三ヶ月ほど続いた。そして、ハルナが僕に何を求めているのか分からないまま、終わった。それで、一生会わないものだと思っていた。それなのにハルナは、完全に関係を切ることを、極端に嫌がった。どうせセックスもしなかったのだから、あたしたちが会わずにいる理由はない、と、そのようなことを言ったような気がする。

はっきり覚えているのは、時々会って、手術の跡を見せてほしいと、ハルナが言ったことだ。それを見ると、安心するのだと言う。アキオは人造人間みたいね、と言ってまじまじと僕を見るハルナに、どういうわけか、僕は腹が立たなかった。僕がミルや、脚のない動物や、頭のおかしい老婆に感じていた愛情を、ハルナも感じているのかもしれないと思った。

「あたしも、人造人間みたいなもんなの。知ってる？」

そう言って笑うハルナは、僕のことを、ひどく羨《うらや》ましがっているようにも見えたし、とてつもなく憎んでいるようにも見えた。ハルナはことあるごとに僕の生活に介入したがり、そして、その度、くだんの熱心な怠惰さで、何も言わないのだった。

ハルナは僕が質問の答えを言うのを、いつもにはない辛抱強さで待っている。うるさい音を払うように、僕は耳元を乱暴に掻《か》いた。

「分かんないよ」

そう、面倒くさそうに答えた。本当は分かっていた。

僕はナツの、人形のような無力さに惹《ひ》かれた。生きる意志を感じない、徹底的に受身な姿勢、何も覚えておこうとしない、一瞬の刹那《せつな》をだけ信じる、川の水のようなその性質に惹かれたのだ。

僕の体のようだと思った。生きている匂《にお》いのしない、冷たいガラスのような女だと思った。初めてナツの裸を見たとき、その胸に僕と同じ傷がないか探したものだ。胸を深くえぐる、何かの証《あかし》のようなその傷がないかと。

僕はまた、ビールを飲んだ。

ハルナはしばらく僕の顔を見つめて、それから、

「ナツ、死んでるかもね」

と言った。どきりとしてハルナを見ると、ハルナはもう、僕に背を向けて歩き出していた。暗がりにふらふらと消えていくハルナの後姿を見ていると、ハルナは何もかも知っているような気がした。そして、ハルナこそ死んでしまうのではないかと、ふと思った。

ハルナ、と声をかけたかったが、出来なかった。そのとき僕は、舌に残ったビールの、鉛のようなその味に、吐きそうになるのをこらえるのに必死だった。

扉を開けたトウヤマは、裸だった。

風呂場《ふろば》でも見たのに、こうやって布団《ふとん》から出てきたばかりの裸を見ると、妙な気持

ちだった。

ビールを一本飲んで、そのまま酔っ払ってしまおうと思っていた僕は、ナツに会えない苛立《いらだ》ちから、結局隣の部屋の扉を叩《たた》いた。

「何」

瘦せていびつなトウヤマの裸は、空虚だった。僕の前に立っているのは、トウヤマの殻、のようなものではないかと思った。そして、ちらりと見えたハルナ。性交の後の倦怠《けんたい》の中、布団でぐったりと横になっているハルナも、すかすかと実体のないもののように思えた。浅黒い肩も、茶色い髪も、生きている、ということから、程遠いものだ。

「あたしも、人造人間みたいなもんなの」

そう言ったハルナの言葉が、今さらになって、切実に僕の胸に響いた。

この部屋では、トウヤマとハルナの殻が、ひとつになったり離れたりしているのだ。性交の匂い、じめじめと湿った空気、それらは僕にはとても不吉で、虚《むな》しいもののように思える。殻同士の繋《つな》がり。濡《ぬ》れた体だけの真実。

でもそれこそが、僕が切実に求めたものであった。

感情の波紋や精神の行く末など度外視して、狂ったように、女とつがいたかった。

後ろからつきあげ、女が泣き声をあげてもそれを決してやめず、殺すように、体を抱きたかった。それが出来るトウヤマが、羨ましかった。

「俺たち、友達になれる気がしねぇんだけど」

初めて会ったときトウヤマは、そう言った。もっともだった。平常の僕なら、自分から決して係わり合いになろうとしない相手だ。しかし僕は、どうしてもトウヤマと係わっていたかった。性の匂いを、征服的なセックスの匂いを感じたかった。つながっている性器と性器しか信じない、無軌道な体の正直さが欲しかった。トウヤマはそれを、持っている。窓に自分の性器を押し付けていたトウヤマ。お前は、濡れたような目で自慰行為を、女の脚の間のことを語る、僕の同級生たちと同じだ。ハルナが僕と別れた後、トウヤマを選んだ理由は、すべてそこにあると思った。思いたかった。

裸のトウヤマを見て、僕は嫉妬《しっと》で気が狂いそうだった。

ナツに会いたい。早く、ナツがあの粉を呑《の》むところを見たい。

「ナツが出てこないんだ」

僕の声は、みっともなく震えていた。

「ナツ、死んでるかもね」

布団の中から、ハルナがもう一度、そう言ったような気がした。実際に言ったのかもしれない。

「ナツの様子、見てきてくれないか」

意思とは関係なしに、僕の唇は動く。昔からそうだった。ミルが死んだ朝、父親からそれを聞かされた僕は、「可哀想《かわいそう》に」と、声をあげて泣いた。母はこちらを見なかった。こちらを向いた母の背は、いつものように小さく、か細かった。それだけが信じるに足るものだと思った。

「ハルナ。だってよ」

トウヤマは面倒くさそうにそう言うと、自分の腰の辺りを見つめた。僕はなるだけトウヤマを、見ないようにした。

「酒飲んだのか」

「一本だけ」

トウヤマはまた、ふふん、と鼻で笑った。

疲れた顔をしたハルナが出てきた。僕の方をちらりと見、不快そうな顔をする。

「ごめんな」

僕が謝っても、振り向かなかった。ふらふらと歩いていく後姿を見ても、さきほどのような感情は湧《わ》いてこなかった。ハルナは、何も知らないのだろう。何も知ろうとせず、殻の体をひきずって、このままだらりだらりと、生きていくのだろう。傷を見せて、と言ったのに、関係を終えてから、ハルナが実際それを見たがったことは、一度もなかった。

「アキオ」

トウヤマが、僕を呼んだ。

「夜中、露天風呂入ろうぜ」

トウヤマの体に、やはり熱湯をかけてやれば良かったと思った。熱い熱いと叫ぶトウヤマを、冷ややかな目で見てやればよかった。

「アキオに、話したいことがあんだよ」

出し抜けにそう言ったトウヤマを、僕はまじまじと見た。何を話すというのか。空っぽのその体で、僕に何を話すというのか。

ナツの部屋に置いていたあの吸殻が、自分のものであったと？　僕に抱かれたことのないナツに、喜びの声をあげさせたと？　早くナツに会いたかった。ナツの細い首が、ごくごくと動く様を見たかった。

「分かったよ」

一刻も早くその場を去りたくて、そう言った。

ハルナに抱きかかえられるようにして歩いてくるナツを見たとき、初めて恋をしたときのように、胸が高鳴った。ハルナからナツを預かるのももどかしく、僕はナツの匂いを胸いっぱいに嗅《か》いだ。ハルナは何か言いたげな目を僕に向け、僕もその目をじっと見た。ハルナの目は茶色く、乾いていた。

布団に寝かせると、ナツは大きく目を開いて、天井を見つめた。僕が撫《な》でてやると、細く笑って、満足そうに目をつむる。そして、僕の名前を呼んだ。

「アキ」

「ん？」

ナツは、ほとんどうわごとのように言った。

「アキとこうして温泉に来たこと、あった？」

それは、ミルが最後に出した、あのひゅーっという、か細い声のようだった。

トウヤマ？　そう思って、背筋がひやりとした。でもすぐに気を取り直し、

「うん、あったよ」

そう、言ってやった。ナツはふう、と安心したようなため息をつき、そのまま眠ろうとした。僕があわてて体を起こしてやると、分かっているというように、僕の目を

見た。

あせらないで、分かってる。

その目は、そう言っていた。

ナツが僕と一緒にいてくれる。その喜びに、僕は目もくらまんばかりだった。

湯のみを差し出すと、ナツは素直に受け取った。少し前にお茶を入れたものだから、それはぬるく、ふたりで飲み干すにはちょうどいい。ナツはしばらく考えているようだった。僕の方を見てくれるのを待ったが、ナツはいつまでもそうしていた。不安になった僕が、ナツ、そう呼ぼうとすると、ナツは湯のみを口につけた。薄い唇を湿らし、ナツはやっと僕を見た。そして、こう言った。

「お兄ちゃん」

弟の顔が、ナツと重なった。

さっきとは違った。ナツに重なった弟の顔が、今度ははっきりと見えた。生まれてすぐに死んだはずの、弟の顔。僕をじっと見つめているその顔は、驚くほど、僕に似ていた。

ナツは、もう半年ほど、僕に薬を呑まされていることを、知らない。

中庭は沈み込んだように静かで、時折水面を何かが跳ねる、ぽちゃん、という音以外聞こえない。鯉《こい》たちも寝静まったのか、その姿を現さない。時々、風が吹く。昼間のそれと違い、悪意をはらんで、僕の周りで渦を巻く。

下着をつけてこなかった。ナツの唾液《だえき》だろうか、風にさらされて、ひやりとする。そんなことをする女ではなかったのに、今日のナツは、少しおかしかった。僕は濡れた太ももを浴衣《ゆかた》の裾《すそ》でこすり、はだけた胸元を直した。

ナツは、部屋で眠っている。

一向に反応しない僕の性器を、ナツはいつまでも、口に含んでいた。とても幸せそうだった。そしていつしか疲れて眠ってしまった。すう、すう、と規則正しい寝息を立て、とても安らかな顔をしていた。

湯のみはもうすっかり、冷たくなっている。理想に適《かな》った湯のみだと思っていたが、こうやって夜の中でそれを見ていると、何の変哲もない、ただの湯のみにしか見えない。蓋《ふた》を開けて中を見ると、暗い中でも、白く濁っているのが分かった。鼻先まで持っていって匂いを嗅いだ。何の匂いもしなかった。悲しくなって、僕はそのままの姿勢でじっとしていた。湯のみに口をつけたとき、廊下のガラス戸を開ける音がした。

はっとしてそちらを見ると、女が一人、庭に下りてくるところだった。

時間は分からないが、もう、夜が更《ふ》けていることは分かった。そして、僕ら以外に宿泊客がいるということが、不思議に思えた。

女は僕の方を見て、おや、という顔をした。深夜に中庭の池を見るのは、皆やっていることだというように、僕の姿を見ても、驚いた素振りはなかった。三十代半ばくらいの、ひどく瘦《や》せた女だ。耳までの髪で、化粧をしていない顔は、白いキツネのように見える。

「こんばんは」

そう声をかけてきた。

「こんばんは」

あきらめて僕もそう答えると、女は、

「外でお茶を飲んでるの？」

そう言ってきた。

「え？」

聞き返すと、湯のみを指差す。この女は、この中身が何か知らないんだと思うと、滑稽《こっけい》だった。優しい気持ちになり、

「そうです。この庭で、お茶を飲みたくて」

そう、言ってやった。女は、ふふ、と笑って、しゃがんで池を見ている。急に、もっと話がしたくなって、僕は女に話しかけた。

「この池、あの壁の向こうまで続いていて、内湯に面してるんですよ。知ってます？」

女はにやにやと笑ったまま、返事をしない。頭でもおかしいのだろうか。僕はますます、優しい気持ちになった。

夜風が肌を冷やす。女に話しかけるのに飽きて、僕は空を見上げた。昼間見た清潔な月が、今度は淫猥《いんわい》な光を放っている。夜の黒に浮かんだ月は、僕らを見て笑っているようにも見える。

「鯉」

女が急にそう言った。

「え？」

「鯉、もう寝てんのかなぁ？」

僕の方をちらりとも見ず、そう言う。口元は相変わらず、にやにやと笑ったままだ。

「さあ。寝てるんじゃないですか」

女は僕の声に少し驚いたように、こちらを向いた。キツネのようだと思っていた顔が、月明かりに照らされ、少しだけナツの顔と重なる。

「残念、おしっこかけてやろうと思って、来たのに」

女はそう言うと、楽しくてたまらない、というように、水面をじっと見ていた。今にも浴衣をはだけて、放尿してしまいそうな、無邪気さだった。

「そうですね」

楽しくなって、僕はそう答えた。ここに小便をしてやるのも、いい考えかもしれない。僕は浴衣をまくりあげた。湯のみが邪魔だったから、思い立って、中身を全部池にぶちまけた。女が僕を見て、きゃっと、歓声を上げた。そして、同じように浴衣をはだけ、立ち上がった。

トウヤマの腰に群がっていた鯉たちが、目に浮かんだ。ばちゃばちゃと、音をたてて跳ねる鯉の、歪《ゆが》んだ顔が浮かんだ。笑いが顔にあがってくることを、抑えられなかった。そして僕は、そのまま小便をした。女も、立ったまま小便をした。下着をつけていなかった。腰を突き出し、男のように小便をするその太腿《ふともも》に、大きな花の刺青《いれずみ》が見えた。牡丹《ぼたん》だった。ピンク色をし、大きく口を開ける、それは女のもうひとつの性器のようだった。

僕らの小便が、濁った池の水面めがけて、放物線を描く様は、悪くなかった。僕たちは秘密を共有しあった小さな男の子同士のように、笑いながら、お互いの小便の勢いをたたえあった。

「トウヤマ君の、友達？」

勢いがなくなってきたところで、女が聞いてきた。

どうして知っているのかと驚いたが、

「そうです」

と言い、そのとき何故《なぜ》か急に、トウヤマの言った、「話したいこと」が、分かった気がした。貧相であったトウヤマの体の理由が、青黒い目の周りの隈《くま》の理由が、分かったような気がした。そして、水の冷たさに体をよじったトウヤマを、猿のようだと思ったことを思い出した。

トウヤマ。トウヤマが、とても弱い者であるように思えた。

僕は、

「一番の、友達です」

と、付け加えた。そう言うと、少し胸が痛んだ。何故か分からなかった。僕は泣きそうな気持ちになり、すぐにまた、さきほどの無邪気さを取り戻した。自分の感情の、急激な変化に、ついてゆけなかった。全《すべ》て、この夜のせいであると思った。この不思議な夜と、気味の悪い、太腿に性器をつけた女のせいだ。

女は、浴衣で股《また》を拭《ぬぐ》い、ううん、と伸びをした。トウヤマのことは、それ以上聞いて来なかった。月が、僕たちを照らしている。女の顔は、とても醜かった。宿は死んだように静かだ。朝起きたら、忽然《こつぜん》と姿を消してしまうのではないかと思うような、佇《たたず》まいだった。

「こんなとこで、死ねたらいいな」

僕がそう言うと、女は、にっこりと笑った。

「あたしもね、そのつもりなの」

僕は返事をしなかった。女は、しばらく池を見ていたが、ふいに立ち上がり、ふらふらと中庭を歩いていった。何か声をかけたかったが、言葉が出てこなかった。

「あ、猫」

女が、振り返らずに、そう言った。薄闇《うすやみ》の中、細い指でその場所を指し示している。しかし、女の指差す方には、猫の姿も、何も見えなかった。

「どこから来たの？　可愛《かわい》いねぇ」

女は、何もない空間に向かって、優しく話しかけている。その姿が、あまりに切実で、僕は思わず、息を飲んだ。そして、猫の鳴き声が聞こえないか、草をガサガサ揺らす音が聞こえないかと思い、耳を澄ませてみた。しかし、やはり何も聞こえなかった。

いつの間にか女は、姿を消していた。

僕は、得たいのしれない満足感に包まれていた。何かをなしとげ、そしてまた新しい何かに打ち込むときのような、すがすがしい満足感だった。思い切り運動をした後は、こんな気持ちなのかもしれない、そう思った。

もう一度、月を見た。

淫猥だと思っていたそれは、ただの月だ。昼間見たそれとは、何も変わらない。手ごたえを感じ、見ると、性器が固くなっていた。僕は泣き笑いのような顔をし、しばらくそれを見た。そのとき、

「ニャア」

猫の声が、やっと聞こえた。

「ニャア」

でもやはり、姿は見えないだろうと、分かっていた。その代わり、池の鯉が跳ねる様を見たくて、僕はいつまでも、そこに立っていた。

解説

中村文則

（いい小説を読むと、余韻に浸りたくなる。
特に、この小説はそうだ。もし本文と続けてこの『解説』の文章を読み始めていたら、ぜひ一度本を閉じ、小説の余韻に浸って欲しいなと思う。こういういい小説を前にしたら、僕のこのような文章は余計なのである。もしも時間があったら、間を空けて、『解説』も読んでくださると嬉《うれ》しい。特にこの小説は、読者に贅沢《ぜいたく》な余韻を与えてくれる。）

西加奈子さんの小説を読むたび、その圧倒的な感性の豊穣《ほうじょう》さに、作家としての資質の深さに、いつも驚かされる。

彼女は、世界に対する「感度」が非常に強い。人を見る感度、風景に接する感度、心に対する感度。この感度の強さは恐らく彼女にとっては自然なことで、またそれらを体温を感じさせる見事な文章で巧みに表現することができる。彼女ならではの独特の着眼点、ユーモア、センス、連想力。様々なものが生まれてくる深い海のようなものが、彼女の中には確かにある。彼女の一連の作品を読むと、その資質はまぎれもなく本物という言葉がしっくりくる。同い年の作家にあんまりこういうことを言うのも変だが、僕は密《ひそ》かに、尊敬しているのである。

この『窓の魚』は、彼女がその「感度の強さ」を人間の「弱さ」、そしてその弱さから必然的に生まれてしまう「暗部」に深く向けた小説だと思う。文体も含め、これまでの西さんにはあまり見られなかったトーンに包まれている(でもこのトーンはデビュー作の『あおい』からその萌芽《ほうが》は確かにあったし、たとえばこの作品の少し前の『こうふく　みどりの』からも予兆は強くあった)。そして、またこの小説もいいのである。西さんの小説世界の「幅」をさらに広げた作品とも言えるかもしれない。僕はこの小説が大変好きなのだけど、先走りしないよう、まず順番に見ていく。

冒頭はこう。

バスを降りた途端、細い風が、耳の付け根を怖がるように撫《な》でていった。あまりにもささやかで、頼りない。始まったばかりの小さな川から吹いてくるからだろうか。

川は山の緑を映してゆらゆらと細く、若い女の静脈のように見える。紅葉にはまだ早かったが、この褪《あ》せた緑の方が、私は絢爛《けんらん》な紅葉よりも、きっと好きだ。目に乱暴に飛び込んでくるのではなく、目をつむった後にじわりと思い出すような、深い緑である。

「空気が違うなぁ！」

小説を読み終えた読者なら、この冒頭で、既にこの小説の中の大切なイメージが、ふんだんに表されていたことに気づかされる。「頼りない」という形容。重要なモチーフの水を運んでくる「川」。「ゆらゆら」と「女」はまさにこの小説の中心にあるような言葉で、絢爛な紅葉ではなく「褪せた緑」というのも、外側から見ても普通の人間達に見える彼らの姿と、静かに重なっていく。「目をつむった後にじわりと思い出すような」、というのも、物語全体に通じる印象である。そして、まるでナツの内観を壊すような「空気が違うなぁ！」というアキオの異質で無邪気な声。このアキオの無邪気さは、最後まで読むと彼の決定的に何かが欠如した無邪気さと重なり、恐ろしいのである。さらに言えば、そのすぐ後にアキオの髪を持ち上げた風が、優しいのに何かを訴えるように冷たいことや、「秋よりも早く、冬がやってくるのかもしれない」

という言及も、彼らの名前を考えれば、なんとも暗示的なのである。

物語は、ナツ、トウヤマ、ハルナ、アキオの四人の温泉旅行の一夜だが、西さん特有のユーモア、が見られない静寂な進行である。ナツ、の章で早くも謎《なぞ》めいた幻想が加わり、物語は浸っている水のイメージと共に渦を巻くような混沌《こんとん》を帯びる。そしてこの旅館で一つの事件があったことが「四人以外」の人間によって読者に知らされることになるのだが、この展開が、もう本当に見事である。

通常の作家なら、旅行、事件、四人による語り、というパーツがそろえば、この四人の心理的な力学のみで小説を構築しようとするだろう。しかしこの小説では、かなり重要な「部外者」達が語り手として、そして登場人物としても現れる。この設定がこの小説を一回りも二回りも豊かなものにしている。こんな展開をされたら、読者としてはページをめくる手を止めるのは難しい。

ナツが既にハルナに何気ない母性を感じているところも暗示的だし、トウヤマ、の章のはだけた着物から出る老婆《ろうば》の脚の官能が、「良かった、あんたじゃなくて」という残酷な言葉に重なる描写も素晴らしい。消費依存というカテゴリー化からハルナを明確にはみ出させる「生まれてから、初めて食べる食物が母親の体であるという」蜘《く》蛛《も》への言及も効いているし、ハルナの女将《おかみ》を見る目は、鋭い感性を持った女性作家でなければ書けない名文だろう。アキオ、の章の、弱い存在がさらに弱い存在へと感じる残酷な愛情も鋭く深く、そこに彼の無邪気さが重なることでその残酷さはさらに悪の深度を増す。あの犬に母親がスープなどではなく、無造作に「肉」を選んで食べさせるところも悪を描く上で非凡である。この小説の出す深みは、このように挙げていけばきりがない。あまりネタバレになるので書けないが、後半に明確に出てくる一つの重要な「パーツ」の存在も、実に巧みなのである。あまり同時代の作品を読んでも思わないことだけど、こんな物語を書いてみたい、と思ってしまう小説なのである。

全編を通すと、様々な出来事においての彼らの様々な認識が、様々に微妙にずれていることに気づく。聞こえずに届かなかった多くの言葉もあり、それを他の人間が聞いていたりもする。彼らは決して混ざり合っておらず、互いにずれながら、少しずつ崩れている均衡の中にいるように思える。そのずれはまるで、水の中を通る光が屈折していくのに似ている。

読み終えればわかる通り、この小説には、いくつかの謎が残されている。でも僕がここで自分の考えを言うのは、この小説の世界を限定してしまうから、いくら『解説』だとしても書かない。全《すべ》てはこの小説の中に書かれていて、全ては読者の解釈と想像の自由である。この小説はちょうど透明な水を通して見るように美しく、わかりやすい論の重なりではなく、イメージの深い深い重なりとして描かれているように感じる。そのことにより、読者は想像の幅をどこまでも広げていくことができる。

それにしても、『窓の魚』というタイトルは、実に印象的だ。

『私は、宿の窓に映っている、自分の顔を見ました。赤く引いた私の唇は、私の顔を走る傷のようにも、池で泳いでいる、鯉《こい》たちの、濡《ぬ》れた体のようにも見えました。ここから決して出ることもなく、何かを請《こ》うように、体を揺らす、魚たちの、哀《かな》しい体のように見えました。』

『僕と皆の間には、目に見えない、透明で薄いガラスが、いつもあるような気がした。薄いが、とても頑丈なガラスケースに入って、中から皆を見ているような気がした。時折そこには、傷が映った。ガラスに反射している、大きく不吉な傷を、僕はまざまざと見せ付けられた。』

「窓の魚」は、自分が閉じ込められた場所にいると、認識している。そしてそのガラスには、自分の姿が、正体が、常に見え続けている。なんと鮮やかで繊細で、そして悲しいイメージだろう。そしてこの旅館の不吉な夜に、「ニャア」という猫の声が鳴る。その猫は姿が見えない。暗闇《くらやみ》から聞こえるのは、声だけである。その猫の姿を見たと思われるのは、物語の中で、あの女性だけだ。

全体的なトーンは静かで、陰影も濃い。この登場人物達には、一見希望は少ないようにも見える。しかし著者は、しっかりと彼らに対して小さな救いをも暗示している。ハルナはナツに、トウヤマはアキオに、最後にはそれぞれ話してみようと思っている。その時に行なわれる会話は、（もし実現すれば）恐らくこれまでとは異なったものになるだろう。彼らの行く末はわからないが、いつか彼らが透明な壁を越え、互いに少しでも触れ合うことができることを望む。

川、温泉、ガラス、池、という透明なものに覆《おお》われた場所で、それぞれが屈折したようにずれ合い、その中心で、女性の体が水の中でゆらゆらと浮かぶ。この深い絵画のようなイメージは、いつまでも僕たちの中に残る。それは残酷な映像であるが、妖《あや》しく、美しい。息を飲むほどに、本当に美しい。

最後に、蛇足だとも思うが、少しだけ付け加える。前に「西さん特有のユーモア、が見られない静寂な……」と書いたが、たとえばビール論ともいえるナツのビールに対する言及は、従来の西さんの読者なら、思わず微笑《ほほえ》む場面だろう。そして、風呂《ふろ》の先客が「シャワーキャップ」を何気なく被《かぶ》っているところなど、従来の読者なら「ん？」と思うはずだ。読者が色々と想像できるこういった仕掛けも、小説の自由な楽しみ方の一つである。

（平成二十二年十一月、作家）

この作品は平成二十年六月新潮社より刊行された。

山崎ナオコーラ著
この世は二人組ではできあがらない
お金を稼ぐこと。国のこと。戸籍のこと。社会の中で私は何を見つけ、何を選んでいくのだろうか。若者の挑戦と葛藤を描く社会派小説。

小手鞠るい著
欲しいのは、あなただけ
島清恋愛文学賞受賞
結婚？　家庭？　私が欲しいのはそんなものではない、あなた自身なのだ。とめどない恋の欲望をリアルに描く島清恋愛文学賞受賞作。

桐野夏生著
魂萌え！（上・下）
婦人公論文芸賞受賞
夫に先立たれた敏子、五十九歳。「平凡な主婦」が突然、第二の人生を迎える戸惑い。そして新たな体験を通し、魂の昂揚を描く長篇。

桐野夏生著
残虐記
柴田錬三郎賞受賞
自分は二十五年前の少女誘拐監禁事件の被害者だという手記を残し、作家が消えた。折り重なった虚実と強烈な欲望を描き切った傑作。

中村うさぎ著
女という病
ツーショットダイヤルで命を落としたエリート医師の妻、実子の局部を切断した母親……。13の「女の事件」の闇に迫るドキュメント！

中村うさぎ著
私という病
男に欲情されたい、男に絶望していても――いかなる制裁も省みず、矛盾した女の自尊心に肉体ごと挑む、作家のデリヘル嬢体験記！

新潮文庫最新刊

隈研吾著
建築家、走る
世界中から依頼が殺到する建築家は、悩みながらも疾走する——時代に挑戦し続ける著者が語り尽くしたユニークな自伝的建築論。

寺島実郎著
二十世紀と格闘した先人たち
—一九〇〇年アジア・アメリカの興隆—
激動の二十世紀初頭を生きた人物はいかなる視座を持って生きたのか。現代日本を代表する論客が、歴史の潮流を鋭く問う好著！

大島幹雄著
明治のサーカス芸人はなぜロシアに消えたのか
日露戦争、ロシア革命、大粛清という歴史の襞に埋れたサーカス芸人たちの生き様。三枚の写真からはじまる歴史ノンフィクション。

西岡文彦著
恋愛偏愛美術館
純愛、悲恋狂恋、腐れ縁……。芸術家による様々な恋愛、苦悩、葛藤。それぞれの人生模様、作品が織り成す華麗な物語を紹介。

とのまりこ著
パリこれ！
—住んでみてわかった、パリのあれこれ。—
セレブ？ シック？ ノンノン、それだけがパリじゃない！ 愛犬バブーと送る元気で楽しい「おフランス通信」。「ほぼ日」人気連載。

鏑木毅著
極限のトレイルラン
—アルプス激走100マイル—
目指すゴールは160キロ先！ 45歳を過ぎてなおも走り続ける、国内第一人者のランナーが明かす、究極のレースの世界。

新潮文庫最新刊

川津幸子著
あいうえおいしい。
―おうちごはんのヒント365日―
春夏秋冬の旬の味を楽しむレシピから、意外に知らない料理のコツなど、台所回りのヒントが満載。毎日使える超便利なキッチンメモ。

堀井憲一郎著
TDLレストランぜんぶ食べたガイド
全土産店紹介付
ランドにある大小57軒の全レストランのほぼすべてのメニューを食べ、40店以上ある全ショップの全陳列棚を観察した超絶ガイド。

雪乃紗衣著
レアリアⅡ
―仮面の皇子―
開戦へ進む帝都。失意のミレディアはアリルと束の間の結婚生活を過ごす。明かされる少女の罪と、少年の仮面の下に隠された真実！

七尾与史著
バリ3探偵
圏内ちゃん
―忌女板小町殺人事件―
ネットのカリスマ圏内ちゃんが、連続殺人事件の解明に挑む！ ドS刑事・黒井マヤとの推理対決の果て、ある悲劇が明らかに――。

知念実希人著
スフィアの死天使
―天久鷹央の事件カルテ―
院内の殺人。謎の宗教。宇宙人による「洗脳」。天才女医・天久鷹央が〝病〟に潜む〝謎〟を解明する長編メディカル・ミステリー！

瀬川コウ著
謎好き乙女と
壊れた正義
消えた紙ふぶき。合わない収支と不正の告発。学園祭で相次ぐ〝事件〟の裏にはある秘密が……。切なくほろ苦い青春ミステリ第2弾。

窓《まど》の魚《さかな》

新潮文庫　に－24－1

平成二十三年一月一日発行
平成二十七年八月二十五日十刷

著者　西《にし》加《か》奈《な》子《こ》
発行者　佐藤隆信
発行所　株式会社　新潮社

郵便番号　一六二―八七一一
東京都新宿区矢来町七一
電話　編集部(〇三)三二六六―五四四〇
　　　読者係(〇三)三二六六―五一一一
http://www.shinchosha.co.jp

価格はカバーに表示してあります。

乱丁・落丁本は、ご面倒ですが小社読者係宛ご送付ください。送料小社負担にてお取替えいたします。

印刷・大日本印刷株式会社　製本・加藤製本株式会社

ISBN978-4-10-134956-5 C0193